K

O escuro da semente

Grafia atualizada segundo o Acordo Ortográfico da Língua Portuguesa de 1990, que entrou em vigor no Brasil em 2009.

Direitos desta edição reservados à
Associação Cultural Letr*a*S*e*lvagem:
Praça Santa Cruz da Exaltação, 21 - Jd. Maria Augusta -
Taubaté-SP/Brasil - CEP 12.080-540. Telefone: (55) (12) 99634-5623.
E-mail: letraselvagem@letraselvagem.com.br
Sítio: www.letraselvagem.com.br

Diagramação: Cesar Neves Filho
Capa: James Cabral Valdana
Preparação de texto: N. Sena
Revisão: do Autor
Fotos do autor: Bruno Cecim

O logotipo Letr*a*S*e*lvagem *foi idealizado a partir de cerâmica Aruak, padrões utilizados nas bordas dos vasos, compilados por Koch-Grunberg em 1910.*

Coleção SABEDORIA
Organizador: Nicodemos Sena

Dados Internacionais de Catalogação na Publicação (CIP)
(Letr*a*S*e*lvagem, Taubaté, SP, Brasil)

Cecim, Vicente Franz, 1946 –
K O escuro da semente / Vicente Franz Cecim. —
Taubaté, SP: Letr*a*S*e*lvagem, 2016.
384 p. / 1ª ed.

ISBN 978-85-61123-21-5

Coleção Sabedoria Vol. 1

1. Literatura Brasileira — Ficção brasileira
I. Título. CDD — B869.3

Viagem a Andara oO livro invisível

K

O escuro da semente
Vicente Franz Cecim

ó Oniausência

LetraSelvagem

No Labiantro

On de o hgomem?
Do Céu e sua voz de Água Rápida
Aqueles dois Lá
Aquela fosse a Noite da Semente
Diálogo dos alimentos do ser
O omem de areia
A Visão do ssaKil
Na Penumbra Andara

que teu oglho veja as cores invisíveis no Livro

Vermelho é a cor da voz de Ó
e da Visão do ssaKil

Verde é a cor das manifestações
minerais, vegetais, animais
e do humano, umanoh, umano
sobre a Terra

é a cor da pedrinha branca,
oculta na página

Negro é a cor do Céu
e também das vozes humanas

à
Areia
de que somos
feitos

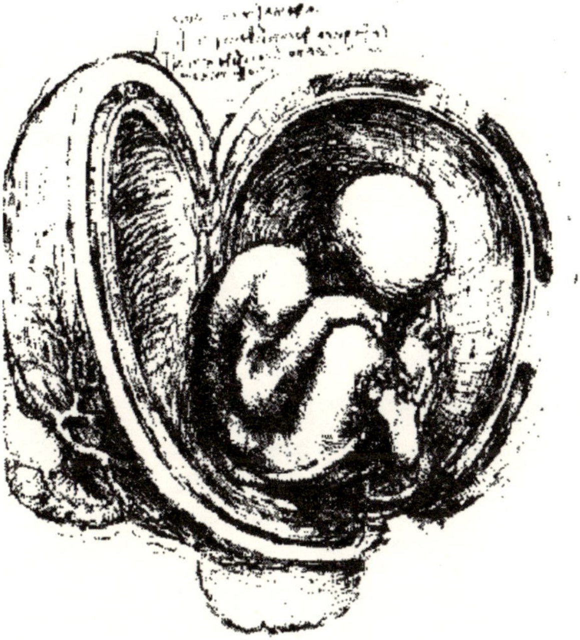

à Semente
invisível do visível

começasse assim

cadências obscuras, murmúrios Silêncio

Às vezes uns Gritos de Alarmar o coração das ervas

páginasSSerpentes passam

às vezes Asas passam no céu sem saber se tombam ou ascendem

e na noite não brilham
mais as asas do meu dorso,

ou vi

e
tend
o os
lábi
os
de
Arse
nii
Tar
Kovs
ki
se entreaberto para me dizer isso

ó

o ui em nós

aquela voz vermelha que nos diz

ah, o humano, o umanoh, o umano

e viessem as vozes, me falando Sombras, me falando Luzes

A primeira voz, sua Água rápida me dizendo assim

Era uma vez,
em Andara

Fosse uma vez,
em Andara

Certa vez,
em Andara,

havendo adormecido sob a lua amarela, a que nos alucina nas noites, de olhos fechados

um tal K despertou
em pleno dia, sob o encanto da lua branca, a que nos alucina nos dias, de olhos abertos

E viu que havia se transformado em homem aéreo, já não mais humano.
Pois em suas omoplatas havendo sido semeadas asas, agora, já então, ele fosse:

O umanoh.

Ah,

sendo assim possível essas coisas em Andara

e aonde mais seriam? Na vida, a sutil que para nós se adensa, para nós, os ainda os que ficamos, humanos?

Sendo assim então, e em Andara fosse possível isso de asas nascendo de omoplatas humanas

— hein? Onde estou? O que foi, hein? O que? Isso? Que mão Imensa, esta, hein?

Se perguntando aquele tal K, aquela letra que ascendendo havia deixado o Alfabeto Humano.

Fosse uma vez, em Andara

Enquanto isso, lá embaixo, na Terra se acendesse um fogo, mais uma vez um fogo, para em torno dele se contar histórias

Enquanto no alto, um Céu escuro de estrelas

Mas isso já seja a outra voz que me fala

Vejam: depois dessas palavras descendentes, caindo dos céus como chuva sobre nós,

agora outras palavras, em torno desse fogo aceso

as que pesadas mas querendo ascender àquele Céu escuro de estrelas

sua Areia Lenta

E a segunda voz, de Areia Lenta me dizendo assim

o que ia ficando para trás

eles passassem pelo Anjo da História ali caído
no caminho, as asas fechadas no peito,
plumas e pó

e ouvissem vozes bem pequenas, fossem insetos
aqueles homenzinhos, que das vértebras ainda
diziam

ó

o ui em nós

ó

o ui em nós
ah, a Penumbra

Não é ela ainda, neste início
Mas é para lá que estão indo os nossos pés, em sonhos

me dizendo aquela voz

sua Areia Lenta

buscasse em torno daquele fogo aceso por uns homens, ali, quem sabe ser só Cinzas de Palavras
que se elevassem, leves, naquele céu Escuro de estrelas

e agora entendam
Entenderão?
Como isso se dará

Assim em duas camadas, essas vozes assim a nós se dando,
se doando

Dos meus ouvidos se doando aos seus ouvidos
Ó Labirantos para onde elas nos levam
Ó Labiantro, esses meus lábios partidos em Andara, de tanto em Andara ouvir e lhes contar histórias.
E agora ainda essas vozes, mais uma vez, é em Andara
essas vozes. E aonde mais

ora chovendo sobre nós sua chuva, ah omoplatas humanas, se mesmo que isso não querendo agora se tornavam aladas, o
umanoh, o umanoh

ora subindo aos céus naquela noite escura, ah palavras se sacrificando ao fogo o humano, se doando às cinzas

enquanto ouvirem essas vozes, ao menos
enquanto elas durarem

em nós, tentem, é só o que lhes peço

:

— Por baixo de nós, vejam: o Céu desmoronando em cinzas
— Por cima de nós, Vejam: a terra incendiada se elevando do Pó

Vocês poderiam, ainda humanos, e pelo tempo que durassem essas vozes,
serem em Sonhos a chuva inversa dos céus?

Ouve, também tu, o que eu te digo, minha Sombra

isso que eu me digo

enquanto, sobre nós, brilha um sol que não existe, inundando as minhas palavras de luz. E Sombras. E silêncios. Nuvens de sal passam, nenhuma ave canta

On g de as Asas, perguntasse a Serpente
É em Andara, a que espreita a letra h
no umano
Silêncio. Façam silêncio. Elas, as Árvores
da Dúvida, agora se curvam para ouvir o coração de Andara,
se me pergunto:

— O que é a vida? A Lenta de areia

se me pergunto:

agora, para falar essas vozes, até onde ela irá, a Literatura?

O que restou: a
Escritura
O Vazio que transborda

Se me pergunto: On g de o omhm de areia ou asas? Seu On de Ser e essa pergunta assim caindo, ascendendo, caindo

Com cada vez mais noites sobre nós

entendem? Entenderão

agora ouçamos essas vozes.

É pela Amizade das coisas pelas coisas,

essa Amizade ainda assim seus grãos em minha areia que não esqueceu ainda inteiramente a carne que ainda lhes conto isso,

o que aqui será contado

a duas vozes

se dando a vocês em duas camadas, lembram?

ei-las:

— A Voz da Areia Lenta,

é ela quem lhes contará a viagem de Oniro e Orino, através de Andara, indo para a Penumbra Andara

eles também podendo ser Oniroorino,

oh, dois seres num ser só, que coisa

como vocês suspeitassem ao vê-los nestas Trevas de Palavras que eles sendo assim vagassem com os pés cheios de terra, humanos, mas Oniro em demanda do umanoh

e encontrando os dois, em seu caminho: O umano,

o omem de areia,

e achassem também, passo após passo: aquelas Asas Negras, Asas Brancas, girando em torno do Ovo imenso no horizonte.

Fosse em Andara isso

Vocês sabem

E mais adiante, achassem ainda Francisco e o sangrando

Antes da visão do Vaso: o Vaso

E o meio Rosto do omem de areia, levado pelo vento: o Vento, voltaria, grão a grão?

E a perna de Orino, devorada pelo animal, no Escuro? Para ela, qual luz ainda, qual destino de pó?

Ah

e a Visão do ssaKil?

oÓ: a Visão do ssaKil

Essas coisas contadas por aquele homem a um Outro, junto ao fogo.

Fossem elas também vislumbradas por K, dos céus, na mão de Ó

— Pois a Voz de Água Rápida que me cai do Céu.

É ela quem lhes falará da Presença de K,

tendo ele ascendido,

e agora então pousado na mão esquerda de Ó, ó, o Altíssimo, o Sem Nome, o solitário Lá até a vinda de K pois tendo o outro Outro, o Filho brando, o branco

ah o Alvíssimo,

de sua mão direita retornado às Trevas,

onde nós ainda aqui, com os nossos pés cheios de terra

seu Nome somente inominável pelo espanto desse som surgindo assim para os nossos olhos:

Ó

que em nós soando tão silenciosamente, ó

ó

Se assim levados por essas vozes ao menos alguns de vocês consentissem em ir

Então,
agora vamos

É através de Andara que iremos, passo a passo. O que vocês, não sabendo, sabem. No Labirantro

nestas Trevas em que eles oos assim vagassem com os pés cheios de terra,

e Oniro em demanda do umanoh

e orino tropeçando no Humano

vocês também tropeçarão?
Também?
nas pedras das Palavras. Ah a que Oculta para nos espessar, nas palavras

On de o hgomem?

Aqueles homens ali sentados, e entre eles um fogo ardendo

Suas Vozes

como posso estar ouvindo nesta página essas Vozes que ainda não escrevi, antes que o Livro exista

aqueles homens ali sentados, e entre eles um fogo ardendo,

da voz de Areia Lenta, então, que nos dizendo isso:

Agora, ali

não havia ninguém. Ali havia estado um homem, não estava mais

Para onde havia ido o homem agora?

Veio a serpente.

— On de o hgomem? Se perguntaria em silêncio a serpente. Mas só o Silêncio lhe respondendo nada, ela se enrolaria na Sombra do homem, que ficara

Porque a Sombra ficara, coisa esquecida como quem parte às pressas, tendo alguma coisa tão importante, ó tão importante, para fazer em outro lugar

Ficavam ali, num só Ser aqueles seres misturados: a serpente e a Sombra.

E os dias passavam indo para parte alguma

Viessem: o anoitecer dos dias, viessem: o amanhecer das noites

e viessem as nesgas de luz,

nos crepúsculos, as auroras, nas auroras os crepúsculos, e as cintilações que às vezes se dão incendiando mas sem chamas as teias Negras velando os olhos dos cegos

Viessem, voltassem. Como se passassem

Agora,   ali

não havia ninguém. Ali havia estado um homem, não estava mais

Então eu te pergunto: Ali,

ali,

havia estado alguma vez um homem, havia estado realmente um homem? Ou foram só as sombras das aves passando no céu sobre a terra que nos deram essa miragem: um homem?

Ou foram só as folhas secas murmurando pelo chão caídas das árvores e dos nossos olhos, úmidas de lágrimas, que nos deram essa visão: um homem?

Ou foram esses sonhos que quando se tem, mesmo de olhos abertos, nos revelam, sempre, ó, sempre, que ali, onde deveria haver um homem, na verdade só houvesse a ausência de sermos?

Ali, lá,

eu te digo, sim, Sim: houve uma vez um homem. E esse homem fui eu

Agora aqui contigo te contando a minha ausência,

a minha não mais minha Presença

onde só ficaram a minha Sombra e uma serpente que enlouquece em seu silêncio e ainda agora

— Ouves?

ela, e se repete: — On de o hgomem?

Fosse isso ainda no tempo em que os animais falavam

Viesse a outra serpente, a Outra: a serpente da Certeza

para dizer a ela:

— Agora, não há mais ninguém onde um dia houve um hgomem.

Mas essa nova serpente, por também lhe ser proibido dizer corretamente o nome Velado: K

Ah, essa também ficaria presa à Sombra.

E, assim, esses três seres num Ser só, entrelaçados,

quem poderia dizer que não são eu, tu e a minha voz enquanto o fogo que acendemos vai indo para as cinzas te contando essa história,

aqui,

onde por enquanto ainda o que restou de um homem: a Neblina humana, suas vozes: para contar a um outro homem histórias?

Seja este o tempo em que os homens ainda falam. E diz-se disso: literatura. Um sopro de voz, que passa, como passou nos animais um dia

Para onde iremos, homens, depois das palavras?

O humano.

Ongde

o

umano h?

hein? Onde? o Onde? O sopro da voz umanah

ó

o ui em nós

Vocês ouviram?

aquela primeira voz de Areia Lenta nos dizendo isso,

teríamos dado então esse tão pequeno passo
oo: ó o ui em nós

e eles da terra, aqueles dois em torno ao fogo, como ergueriam as suas serpentes para o Alto, pois sem Asas, e para eles só os nossos ouvidos de Lodo e sobre eles só os nossos olhos Escuros de cintilâncias

já a segunda voz, a de Água rápida, agora se dizendo

} Primeiro Passo

Ó: Do Céu e sua voz de Água rápida

Essa voz, então, que se dizendo:

pois tendo ascendido a Letra K e veio vindo, se retirando do Alfabeto Humano,

veio pousar em minha mão Esquerda, pois

tendo o Outro deixado vazia a minha mão Direita,

terá ele mergulhado para o lá dos homens, retornado às Trevas onde antes já vagou, agora lá vagando novamente?

— Terá aquele Outro para o lá humano retornado, ó K, me diz, pois se vieste ocupar a minha mão vazia, essa outra a esquecida mão esquerda que com a tua vinda só agora eu percebi que tinha?

Ó, K, sabes quem sou?

Eu sou o Olho cego que tudo vê, e nada vendo, e nem me vendo é que te peço, K, vai ver por mim pois sabes o que eu sou, ó K?

Eu sou o Olho Silencioso todo mudo que tudo sabe e nada diz ao Nada

Para onde ele foi, aquele outro o Filho Humano, K, que antes da tua vinda pousava em minha mão Direita, e agora, ei-la: a Vazia?

Te peço, ó K, me diz

Se tu achasses para mim o meu Filho lá, o Outro, ó K, naquelas Trevas lá embaixo,

eu te daria uma pedrinha branca

eu te daria uma pedrinha branca, uma pedrinha em que estaria escrito O Nome Que Ninguém Conhece

eu te daria uma pedrinha branca, uma pedrinha em que estaria escrito O Nome Que Ninguém Conhece, somente aquele que a recebe:

A Esfera de silêncio, rolando entre Treva e Luz

}} Segundo Passo

K: Aqueles dois Lá

K, nos conta a voz de Água rápida,
mesmo se nada vendo,
nas Trevas que aqui ficaram, olhar inverso se de lá também olhada a Terra aqui embaixo, através daquele céu Escuro de estrelas,
então lhe diria:

— ó Ó, quem sabe não é ele aquele que agora vejo indo pela terra, seus pés cheios de pó, e caminha lado a lado com um outro o mudo e ainda mais um ozinho de nada, o mudo,
e ele lhe dizendo coisas?

Ou é a si mesmo que se diz?
Pois tendo um corpo,
um só,
desse corpo emergem duas cabeças,

oo,

embora todo o resto sendo um só homem

pelo menos assim me parece,

porque a Noite deles é tão escura, vista daqui,
e tenho os olhos tão cansados da tua luz

Ó lhe dizendo:
— Ó K, não queres a pedrinha branca?

ó k, não?

}}}Terceiro Passo

OO: Aquela fosse a Noite da Semente

— E na Noite da Semente, contando já agora aquela voz de Areia Lenta ao outro homem

Que em torno do fogo ao outro ouvia

a noite em que ele adormeceu sob a lua amarela, a que nos alucina nas noites, de olhos fechados

e antes de despertar, depois, sob o encanto da lua branca, a que nos alucina nos dias, de olhos abertos.

E na Noite da Semente ainda pude ouvir um rumor de voz, vindo do Céu sobre mim

Como Água rápida chovendo sobre mim

E essa voz, a não sei quem, dizia:

— ó Ó, quem sabe não é ele aquele que vejo indo pela terra, seus pés cheios de pó,

e caminha com um outro lhe dizendo coisas?
Ou é a si mesmo que se diz?
Pois tendo um corpo,
um só,
desse corpo emergem duas cabeças,

oo,

pelo menos assim me parece,
porque a Noite deles é tão escura e tenho os olhos tão cansados da tua luz

E ouvi ainda a voz daquele Ó lhe dizendo:
— Ó K, não queres a pedrinha branca?

ó k, não?

Não sei de que pedrinha branca eles falavam nos céus sobre nós
E depois não ouvi mais voz alguma.
Aquele K não estando mais no humano, entre nós,
e havendo se perdido, ah, para sempre no umanoh

devesse eu ainda prosseguir sua voz? Sua voz então assim ainda em mim se prolongando? Ainda tenho esta boca,
vês?
e, agora, isso em mim: essa voz
se imaginando, em mim sonhasse
e se balbuciando a minha neblina humana, entre miragens, coisas e entre as Memórias daquilo que antes fui e esse alado: K,
que além do humano agora

E te contando a história

daquele corpo de onde emergissem duas cabeças,

oo,

ou fossem eles ainda só dois homens, como
nós,

vagando oo

através dos dias e das noites, pela terra

assim me parece que eles iam,
porque esta Noite em que me ouves, é escura
e tenho os olhos tão cansados dessa luz que jamais será um sol: a Estrela: e só esse foguinho aceso entre nós

então, fechando os olhos,
eu visse para os teus ouvidos vagando esse oo

a história deles, aqui na terra, agora, eu assim eu te contaria

Mas, antes,
me diz

Vês como é escuro esse céu Escuro de estrelas
o sobre nós?
Como eu, esta neblinazinha humana,
aqui ficada,
poderia
ver através da minha Pedra de ver as coisas da terra, as Escuras

se outra Voz não vindo me dizer
que este, ah, não é todo o Céu que não havendo, há, para além dele, deste: o Treva Aérea, o só o que daqui eu e tu podendo ver

On iá

On i á

Oniá, digamos. Bebamos da nossa água amarga e desejemos, oniá, on i á, que ela venha

E aquela voz verde que nos diz

Ah um Ímã em mim

e tendo aquele Animal, saindo da Noite, suas patas emergindo, emergindo

das árvores em volta do fogo, suas sombras árvores

e se chegado para perto do fogo, onde ficasse ouvindo o silêncio do que escutava e aquela voz do humano que falava,

o que buscasse aquele Animal que aos homens assim se chegando:

quisesse nessa Noite uma Fogueira que fosse mais que o fogo aceso pelo humano

A Fogueira? Fosse ela feita da lenha, que ainda viva nas árvores da floresta

a Figueira em que o homem que falava repousava as costas

e, entre os silêncios do Animal e do homem mudo e aquela voz do que falava,

soprando por ali, naquele instante, um ventinho leve, que fez as chamas do fogo mais se inclinarem antes da manhã para as cinzas, o vento agitou as folhas da Figueira

Dissesse a ela: foge das tuas raízes, homens em multidão estão vindo te transformar em Cruz

A Figueira em que o homem que falava
Repousava as costas

E diz-se disse: Contágio do pulmão humano pelas vias aéreas, por tudo que fala Seivas que os homens não ouvem

essas outras vozes, de jardins à noite

daquela Figueira se ouvisse e não ouvisse,

a voz verde que dizia:

Tivesse um ímã em mim para chamar fazer descer dos céus às terras

fazer subir das terras aos céus

uma voz, menos pesada, Alada

Aah um Ímã em mim, um Irmão ímã

em mim

e a voz vermelha que nos diz:

os Reinos contagiados, ó k. Vês?

pois sendo a minha voz só o balbuciar de um lábio humano, dizia o homem que falava

não deve ela chamar aquele outro Lábio em nós, por Companhia

em nós se
unindo lábio a Lábio em vozVoz,

pelo encontro desses Llábios

que se dissessem, sim: os murmúrios,
e a si também falassem em silêncio aos Gritos?

se perguntava ao outro, ao Mudo, o homem.

ah está vindo, está vindo essa outra Voz, ouves
ela vem

é preciso, fosse preciso que ela viesse, e ela vem

e pousando sua boca em nosso fogo:
vês como ele agora mais se incendeia
com essa Boca em Chamas, antes que as Cinzas
venham ao amanhecer,
ela nos diz

— Porque lá
nada é obscuro nem opaco,
pois cada um
é transparente a cada um e em tudo,
pois a luz não é a luz
E cada um possui a todos dentro de si e vê
em outro a todos, e tudo é tudo e cada um é
tudo
e cada um é tudo
e o Fulgor é imenso,
pois cada um deles é grande,
pois também o pequeno é grande

Lá o sol é todos os sóis
E cada sol é sol e todos os sóis
e tendo vindo essa voz: ó Clarão

re

lâmpa g

o

Ó Lâmina de Luz, ah nós, escuros reruns

unisse Céu e Terra,
ó terracéu

a generosa

A que assustando as aves: vês, como despertam
e todas em revoada a nossa volta achando que um novo dia já nasce antes da hora

e tendo ela vindo se fundir em nosso fogo
luzinha que acendemos e sob esse céu Escuro de estrelas,
possa a névoa humana,
as neblinas que somos,

e agora eu falando, tu ouvisses,

a história deles, oo, aqui na terra, agora, eu, sim, eu te contaria

}}}}

Diálogo dos alimentos do ser

Da voz de Areia Lenta

Eis: a história:

— E cada um possui a todos dentro de si e vê
em outro a todos, e tudo é tudo e cada um é
tudo
e cada um é tudo
e o Fulgor é imenso,
pois cada um deles é grande,
pois também o pequeno é grande
Lá o sol é todos os sóis
E cada sol é sol e todos os sóis

Tendo nos dito isso, e o Fulgor é imenso, Plotino, pois fosse sua aquela Voz em chamas

— É? Nos perguntamos. E cada um possui a todos dentro de si

Mas de onde vem então esse vento, em Andara, que diz:

— Um animal é uma falta de tudo para sempre

Vem de páginas passadas de Andara, virando páginas passadas de Andara.

É sempre em Andara que esses ventos vêm soprar, e esse quis soprar aqui de novo

Ei-lo. Dizendo, esse vento

O que um dia já foi dito por Iziel a Azael nessas páginas passadas

Está lá, no livro que um dia se chamou Silencioso como o Paraíso após a expulsão das criaturas humanas, essa página passada

Que diz, seu eco ainda nos chegando

Vem lá do Paraíso

Diálogo dos alimentos do ser:

Disse Iziel

— Vê, Azael, a ternura que um animal quer tirar de um outro e pôr dentro de si

e o animal é essa caverna onde uma falta é, para sempre,

é a mesma coisa, essa ternura, que o alimento que um animal tira da vida e põe dentro de si,

o corpo, uma caverna de carne.

— Os alimentos. Às vezes visíveis, às vezes invisíveis

E a fome real é só a sombra da grande fome em nós

Então é isso, um animal é uma falta de tudo para sempre

é?

E esse vento, vindo, diz
Sim.

Seria esse vento,
enquanto essa flor de papel: essa página passada, se abria ao vento,
que eles um dia ouviriam,
Oniro e Orino, esses outros, após Iziel e Azael,
o
das mãos brancas,
o
das mãos negras.
Eles agora também aqui em Andara,
na floresta Andara, oo

Ou fossem um corpo só: Oniroorino. De onde houvessem brotado duas cabeças,
e se dizendo coisas

Pois Oniro, ouvindo o vento trazer essas palavras esvoaçantes, passantes

Como são todas as palavras ah, todas:

as transeuntes

logo estaria dizendo a Orino:

— Ouviste? Ouviste com todos os ouvidos que temos em nós: os de carne e os outros,

ouviste? O vento?

— O vento. Sim, diria Orino. Mas que palavras?

— Vê, Orino,

então diria Oniro,

como pode ser que sendo nossos nomes os mesmos, só com as letras trocadas, não possas ouvir as palavras que o vento disse,

como eu?

— A menos que, como eu, às vezes também pareça para ti que tu não és tu. E para além do oo que somos,

esses ozinhos de nada

pareça que és um outro: um ser de hipótese, só de brisa, fantasma de ti,

diria Oniro.

— A menos que esse nó que em nós nos une seja só véu, a Ilusão,

e por trás dele algo querendo nos dividir em eu e tu

— Vê, dizendo Oniro, agora entende isso:

Em nós há a fome de dois alimentos,

foi o que o vento disse,

e aquele Iziel não tendo dito quais, os alimentos, agora eu vou te dizer quais são

E então, como um outro Iziel,

ah Iziel, cego, ainda lá no Paraíso as suas mãos brancas, se batendo nas coisas duras da vida?

E querendo as raízes dos alimentos do ser, Oniro diria:

— Tudo vem como sombra do Um e para o Um volta como sombra

Aqui, na breve Residência, a vida,

imersos nesta luz cheia de penumbras em que somos e não-somos, pois permanecemos sendo lá no Um enquanto aqui até parece que somos,

as sombras estão no Vários,

e se tornam coisas

para se darem em alimento umas às outras, enquanto aqui permanecerem

podendo esse alimento ser

visível e invisível

e visíveis e invisíveis as bocas nas coisas, sempre famintas umas das outras

e também podendo ser os alimentos

bênçãos e venenos

assim como podendo ser as bocas por onde se colhe o alimento

abençoadas e venenosas,

havendo ainda os alimentos simulacros

e as bocas simuladas na colheita.

Quanto à permanência na breve Residência, a vida,

imersos nesta luz cheia de penumbras em que somos e não-somos, pois permanecemos sendo lá no Um enquanto aqui até parece que somos,

as coisas podem optar pela Fome umas das outras, e se devorando se devolverem como sombras do Um ao Um

ou pelo Jejum das outras.

Pois há um dom que nos é dado pelo Um
para alimentar a permanência:

aliado dos jejuns, esse Dom é o da
Amizade das coisas pelas coisas.

Isso havendo dito inicialmente Oniro,

como uma primeira semente lançada nos ouvidos de Orino, esses jardins de carne em que queria plantar revelações,

depois ele diria:

— Orino, a primeira coisa que tens que saber é que não és, que és só um ser de empréstimo.

Névoa. Que ganhou forma.

E que às névoas, como tudo, um dia voltarás.

Podes entender isso?

Não.
Não, enquanto não entenderes, antes, isso:
Que tudo vem do Um e ao Um volta,

sendo,

durante um intervalo breve, a que chamamos vida: o Vários, que surge dessa dispersão do Um em muitos para povoar o que sendo a Ausência desse Um antes disso se dar

Entendes, isso? Ao menos um pouco?

Vê. Aquela ave ali.
Ela parece ser, em si, mas não é.
Não é, mas sendo.
Como aquela outra lá adiante, também querendo ser ave naquela árvore, mas sendo só a forma Ave do Um, que é uma das suas formas,
há outras,
sendo até sua sombra apenas a Sombra Ave do Um agora aqui projetada pelo sol.
O sol, este, imenso sobre nós, por sua vez sendo apenas o solzinho do Um que nos é dado ver,
como os outros mais imensos ainda sobre nós que não vemos,
Lá, onde o Fulgor: o Clarão
Onde cada sol é sol e todos os sóis

Não acreditas no que te digo, Orino
Não?

Pois a prova é: que tudo passa e nada fica: nem ave nem homem e um dia que já não será noite nem dia, nem as estrelas, essas luzes, ficarão, entende

Então, nem boca ainda haverá para perguntar:

On gde
o ogmem?

Pensa. É esta ave que vemos ali eterna? É?

Então vê a minha lição inteiramente viva se dando diante de ti.

E dizendo isso, eis que Oniro estaria indo em direção à ave, que, distraída, nem o via chegando. Chegando e animalmente a agarrando. E animalmente a despedaçando, as unhas, os dentes. E, pedaço a pedaço, então fazendo a ave sumir dentro de si para os olhos de Orino.

— Cadê a ave agora, Orino. On g de? A ave

— A ave, onde? Se perguntando Orino. Sim, sei. Sumiu em ti

— Mas ainda é a ave ave? Perguntando Oniro. Ainda é, o que foi?

— Não, dizendo Orino. Agora é a sida.

— Pois sendo isso, entende, o começo da sua volta à Ave Ave que ela, para além e para aquém da avezinha que parecia ser, será

— Essa é a via dos alimentos. Ouve
o que eu te digo Orino. Que todo ser, enquanto parece ser, faz através de um outro ser
e assim todos indo todos voltando, voltando para o Um,
sendo nós, os outros seres,
Oniá, On
só os caminhos dessa viagem que fazemos uns através dos outros,
des-sendo,
des-sendo-nos,
ora com dor, ora com dor ainda mais uma vez,

pois não nos é dada a opção sem dor?

— E sabes, Orino, diria Oniro, que isso mesmo que fiz à ave eu poderia fazer a ti: desfazer-te, des-ser-te, aqui mesmo sob este céu vazio de onde o Um
apenas interessado em seus interesses de tudo reaver para Si,
Zeloso, ou indiferentemente,
autoriza todos os seres que fingem o S de ser a desfazerem issoS:
essaS miragenS
Se desfazendo uns aos outros
serpenteS,

aves, homem

até que tudo retornado ao Um?

E para um trêmulo Orino, eis que Oniro já estaria dizendo:

— Mas não temas. Por ti

Isso, eu não farei contigo. Porque o Um não é só a sua indiferença pelos seres-miragens, seres neblinas que somos parecendo ser,

pois se nos dá outra maneira de nos alimentarmos uns aos outros

E essa maneira é aquele Dom, aliados dos
Jejuns

o On D
om
da Amizade das coisas pelas coisas

A lua branca a que alucina nos dias e a amarela
a que alucina nas noites
iam passando sobre eles,
por entre as seivas da floresta Andara,

e os sóis imensos que flutuam sobre nós, é bem
longe, nem saberiam daqueles homenzinhos lá
embaixo
e só esse solzinho que nos é dado ver viria
roçar a terra que vai caindo
caindo
Ou ascendendo
no azul?

Oh o O, a esfera

Mas onde o On D
om
da Amizade das coisas pelas coisas

se depois Oniro estaria dizendo:

— Orino, a segunda coisa que tens que saber é que não és, porém, só um ser de empréstimo.

Névoa. Que ganhou forma.

Ainda que às névoas, como tudo, um dia voltarás.

— Entende também: Que o que é aqui no Vários ainda é lá no Um

sendo aqui o Um,

aqui, neste intervalozinho breve, esse sono ou sonho a que chamamos vida: o Vários,

pois sendo o Um também a concentração do Um em muitos para que o Um possa habitar sua Ausência com a alegria de ser breve

Entendes agora isso? Ao menos um pouco?

Vê. Aquela ave ali.

Ela parece ser, em si, mas não é.

Não é, não em si

Como aquela outra lá adiante, também querendo ser ave em si naquela árvore, mas sendo só a forma Ave do Um, que é uma das suas formas,

há outras,

sendo até sua sombra, a sombra que projeta de si, apenas a Sombra Ave do Um agora aqui projetada pelo sol.

O sol, este, imenso sobre nós, por sua vez sendo apenas o solzinho do Um que nos é dado ver,

como os outros mais imensos ainda sobre nós que não vemos

Lá, onde o Fulgor: o Clarão

Onde cada sol é sol e todos os sóis

Acredita também nisso que te digo, Orino

Sim?

Em tudo é o Um enquanto é nas coisas transeuntes, e elas não passam e ficam: ave, homem, os sóis,

entende

Pensa. Aquela ave que vemos ali não é eterna? Não?

Então vê, a minha lição agora inteiramente inversa se dando a ti.

E dizendo isso, eis que Oniro estaria indo em direção à ave, que, distraída, nem o via chegando. Chegando e ternamente a tocando. E ternamente a acariciando, as mãos, os lábios. Aquele breve sonho de plumas que ele, Oniro, agora não faria sumir no animal em si.

E depois, a ave tendo voado, perguntaria:

— Cadê a ave agora, Orino. Onde? A ave

— A ave, onde? Se perguntando Orino. Se foi, ainda ave.

— E ainda é a ave ave? Perguntando Oniro. Ainda é, o que era?

— Sim, dizendo Orino. Ainda é a sendo.

— Pois então entende: é que o Um nela quis permanecer, e não quis, por mim, sorver em si a avezinha que ela parece ser, e é

— E essa é a via dos jejuns, te digo Orino. Que todo ser, enquanto parece ser, faz, para permitir a um outro ainda ser

e assim sendo permitido, pelos jejuns de uns, outros ficarem, e se tornado um Dom de todos esses jejuns, eis: disso viessem adiamentos da nossa volta ao Um,

sendo nós, os jejuantes, os doadores desse adiamento das viagens que assim já não fizéssemos uns através dos outros,

nos des-sendo,

e assim, ora sem dor, ora ainda sem dor mais uma vez,

pois nos foi dada a opção dos jejuns da dor

— E sabes, Orino, diria Oniro, que isso mesmo que eu fiz à ave é o que faço a ti: não te desfazer, não te des-ser,

é aqui mesmo, sob este céu vazio, onde o Um por um instante esquecido dos seus interesses de todas as suas coisas e seres reaver para si,
zeloso, ou indiferentemente,

me autoriza a permitir que ainda finjas ser isso, essa miragem, permanecendo em ti, a neblina que somos parecendo ser,

e te dou minha amizade humana,
para que permaneças no Vários que és, em ti.

E para um trêmulo Orino
O emocionado.
O tolo trêmulo
eis que Oniro já diria:
— Então, não temas o Um de mim. Pois o Um sendo o Generoso, também nos deu essa maneira de alimentarmos uns aos outros, essas ternuras, e, assim, vai nos deixando nos manter nesta ilusão de sermos

essa maneira a que chamamos:
a Amizade das coisas pelas coisas

— Repara, Orino, mais tarde diria Oniro,

como são deslizantes essas coisas da amizade,

e fica sabendo que vais te mover através de um deserto ou jardins ou pântano cheios de miragens e metamorfoses enquanto semeio essas palavras em teus ouvidos.

E que, para te moveres neste deserto ou jardins ou pântano, precisas estar mais revelado a ti mesmo

E agora vem comigo, segue as minhas palavras

— Lembras, Orino?

Dissemos que os alimentos são visíveis, invisíveis e simulacros. E que, alimentos, podem ser bênçãos e venenos.

E dissemos que as bocas são visíveis, invisíveis e simuladas. E que essas bocas podem ser abençoadas e venenosas.

E se disse ainda que as coisas podem optar pela Fome umas das outras

Ou pelo Jejum.

E quais são os alimentos visíveis?

Eis os alimentos visíveis: os minerais, os vegetais, os animais. O ar, a água, o fogo

E quais são as bocas visíveis?

Eis as bocas visíveis: os olhos, os ouvidos, a pele, o nariz, a boca

E quais são os alimentos invisíveis?

Eis os alimentos invisíveis: os sonhos, as ideias, os sentimentos, as vozes do vento

E quais são as bocas invisíveis?

Eis as bocas invisíveis: o sono, a imaginação, os sentidos. E a literatura. Se Escritura

E quais são os alimentos simulacros?

Eis os alimentos simulacros: as sombras, as miragens, as imagens

E quais são as bocas simulacros?

Eis as bocas simulacros: os espelhos, todos esses que a vida semeou na vida para nos confundir, e também os nossos olhos

Agora eu vou te dizer o que são os alimentos bênçãos.

Eis os alimentos bênçãos: são todos os que participam da Amizade das coisas pelas coisas,

sejam eles alimentos visíveis ou invisíveis ou até mesmo simulacros

E agora eu vou te dizer o que são as bocas abençoadas.

Eis as bocas abençoadas: são todas as que participam da Amizade das coisas pelas coisas,

sejam elas bocas visíveis ou invisíveis ou até mesmo simuladas

Agora eu vou te dizer o que são os alimentos venenos.

Eis os alimentos venenos: são todos os que participam do Ódio das coisas pelas coisas, sejam eles alimentos visíveis ou invisíveis ou até mesmo simulacros

E agora eu vou te dizer o que são as bocas venenosas.

Eis as bocas venenosas: são todas as que participam do Ódio das coisas pelas coisas,

sejam elas bocas visíveis ou invisíveis ou até mesmo simuladas

E agora vou te dizer o que são os alimentos simulacros bênçãos.

Eis os alimentos simulacros bênçãos: são todos os que participam, ao mesmo tempo, da realidade das coisas visíveis e invisíveis,

sendo fronteira sutil e transição, na penumbra, entre elas

E agora vou te dizer o que são os alimentos simulacros venenos.

Eis os alimentos simulacros venenos: são todos os que participam da irrealidade das coisas, simplesmente isso

E eis que finalmente te revelo o que é a opção pela Fome das coisas pelas coisas.

Eis o que é a opção pela Fome das coisas pelas coisas: é toda opção pelos alimentos venenos e pelas bocas venenosas, sejam visíveis ou invisíveis ou simulacros e simuladas

E também te revelo o que é a opção pelo Jejum das coisas pelas coisas.

Eis o que é a opção pelo Jejum das coisas pelas coisas: é toda opção pelos alimentos bênçãos e pelas bocas abençoadas, sejam visíveis, invisíveis ou até mesmo simulacros e simuladas

E tendo dito isso,

Oniro então passasse a falar a Orino em fragmentos: fábulas, frações da fala

assim ele pudesse entender a breve Residência, a vida

onde aqueles dois: oo, ou fossem um só

Mas antes ele ainda perguntaria:

— Entendeste, Orino?

— Os deslizamentos? Entendes?

— Pois se é para que entendas ainda mais o Um como Fonte: a Água dos Retornos do que somos,

pois se é para isso que agora vou te falar das várias formas de alimentos do ser,

seja pelo corpo, seja por essa ave que alguns chamam alma, e que, diz-se, voa dentro de nós,

e do que devemos nos alimentar, e do que não

Então, ouve,

e embora sejas livre, pela ignorância, para nem ouvir a minha voz

— A voz, ah

sendo a que se semeia

ouve ainda isso que eu tenho a te dizer, Orino, antes de continuar a te falar sobre eles, os alimentos,

diria Oniro,

ainda isso, sobre ela, a deserta que não semeia, pois a todos nós ela contém, e não apenas a ti,

ela: a Ignorância

E então diria Oniro:

— É preciso ver, ele diria, através da floresta reveladora e veladora das palavras,

como

o não-ser contém em si o
ser,
embora o ser não contenha em si o
não-ser

Pelo menos é isso que vemos nesta paisagem de palavras, como podes ver

E é nessa Semelhança que estão semeadas as esperanças de um dia conhecermos a diferença entre o ser e o não-ser,

e assim, anulada essa diferença, quem sabe unir o ser e o não-ser pelo conhecimento, mas só pelo Conhecimento, e ainda não anular ser e não-ser como coisas e não-coisas, separados em si

E se essa Semelhança falhar

S

e tudo falha em nós, só homens?

Sobraria aos homenzinhos que somos, para os
vãos dos nossos olhozinhos vãos,
uma Visão da Diferença,
pois abolidas as semelhanças, ainda ficaria a palavra Não acrescentada ao ser

seu

N

Nos dizendo Nada

E partiríamos, já então com outras asas, negras negras, e os lábios cheios de sede, para ir interrogar a palavra Não ao longo dos dias de nossas vidas

On gde quer que ela esteja tombada, seu tronco se negando a nós

A menos que até mesmo essa hipótese toda cheia de noite seja nula

a menos que já sejamos em nós Nadas,
um Não sem sins nem talvez sendo e todo feito de silêncio e ausências sem nem rumores em nós,

nãozinhos de nada

E então, se fosse assim,

O que?

Andara indo mesmo assim em nós, é o que eu te digo

— Pois uma coisa é certa e há não-havendo:

o

V

azio que Transborda

Ora,

havendo a lua branca que alucina nos dias e a amarela que alucina nas noites passado outra vez sobre eles,

por entre as seivas da floresta Andara,

e os sóis imensos que caminham cegos sobre nós, é bem longe, nem sabendo daqueles homenzinhos lá embaixo: o Fulgor ausente

e só esse solzinho que nos é dado tendo vindo outra vez roçar a terra que vai caindo

caindo

ou ascendendo

no azul

E onde o On D

om

da Amizade das coisas pelas coisas

mais tarde Oniro diria

— Mas isso é só a minha voz em teus ouvidos, semeando, Orino

pois por Amizade os teus ouvidos sendo os meus

E como saber se as vozes são vozes sementes ou são vozes pedras

Se delas alguma coisa nascerá

Dessas vozes

Todas essas vozes, todos esses sons já em nós

E ainda esses outros, vindo a nós?

Ouve ainda isso que eu tenho a te dizer, Orino, antes de continuar a te falar sobre os alimentos, eles.

É sobre os sons que eu também tenho uma coisa a te dizer, com outros sons.

E aqui eu já te recomendo um jejum.

Ouve

Dos sons em nossos ouvidos:

— Se um ser emite para ti um

Som

seja um rosnado, bom-dia ou música,
o que fazer?

Vê, parece que cada um desses sons é um som em si, com sua verdade pequena. Mas tu sabes: as aparências: o limo: as ilusões.

Entende, Orino.

O rosnado participa da fúria natural que nos tem, contém e mantém. Nele, o limo é quase real.

Já os bons-dias perecem imediatamente, por conterem em si a própria palavra

bom,

uma das mais suspeitas residências humanas do limo.

Quanto à música, nela o limo ainda mais se adensa,

são teias de sentimentos, que o fato de ter
dó
do mundo
refa
z em mi
m vindo de
lá da penumbra onde um
sol se apaga e as coisas são em
si mais lamentos

ai o ui em nós
a nossa dó de ser

Por isso, não ouve os sons como seres separados e ouve apenas o Som e sabe que todos os sons separados se alimentam dos alimentos benfazejos e dos alimentos malignos e deles participam,

mas tu, tu só participes do teu Ouvido, Orino,
e ignorando as Vozes do Ouvir, ouve apenas

em ti, o

Silêncio

ainda que se uive e uive e rosne e grasne e

existam as palavras humanas e mesmo que haja
a Música das coisas ao redor de nós

Da voz de Areia Lenta

Diria Oniro mais tarde,
eles seguissem através de Andara

Mas eu te pergunto, antes das manhãs, antes das cinzas: Através de Andara se irá a alguma parte?
Aviva o fogo.
Através de Andara não se irá a parte alguma

— Vê, Orino, isso:
Quando os homens inventaram as somas e as diminuições, sejam elas também multiplicações velozes ou velozes divisões,
Issos,
foi um sonho que tivemos,
nós, tão homenzinhos de nada,
os números, para nos falar da alimentação do Um pelos diversos e da alimentação dos diversos pelo Um.

É assim.

Entende, ouve se te digo:

Da alimentação do Um pelos diversos:

Para que o Um seja em si, é preciso que ele exista pela soma do que somos, tu, eu, aquela árvore ali e essa ave que acaba de levantar voo de si mesma e partir

Para onde foi? Ainda está aqui, mas lá no Um.
Entende isso.

Ele, Oniro, colheria o corpo da ave tombada, cavaria a terra, faria um montinho de terra sobre ela

e prosseguiria

— Ouve, diria

Da alimentação dos diversos pelo Um:

Da mesma forma, para que sejamos em nós, eu, tu, aquela árvore ali, e essa ave que acaba de pousar em si, aquela lá, vê:

nascendo naquele ninho neste instante, é preciso que o Um se divida em vários,
O Um sendo em partes em nós
Entendes?

Ouve
Sejam essas coisas também multiplicações
velozes
Ou velozes divisões
Não importa

Agora, sentados sob uma árvore,
à sombra da amizade da árvore por eles

Das amizades que nascem das carências

haveria de querer falar Oniro, e diria:

— Tu sabes, Orino, quanto mais o ser frágil,
mais fome de amizade ele tem.
O que fosse propício à Amizade?
Do que resulta que muitas nascem disso,
se um que se pensava Um só em si
de repente se sentir um unzinho de nada

na fronteira do Nada,
e se doendo, se perguntando
ongde a minha origem e Fonte

e então chama: Ei, querendo um outro ali
passando por companhia

Mas isso se inverte. E então se dá o que eu te digo

Das carências que nascem da amizade:

— É quando,

a vida sendo a que nos contorce,
o que vês bem naquela árvore ali, aquela outra, a contorcida,

dessa amizade nascida da fome uma fome ainda maior nasce, e nos torna fracos de amizades,

e sem companhias

Ia a sombrazinha daquela árvore para onde?

Ia sumindo na Sombra imensa da Árvore do Mundo que sempre vem ao entardecer,
e não vemos

e, nesse entardecer, ainda Oniro diria

Das luzes e das sombras em nossos olhos:

— Orino,
se alguém, chegando, não se sabe de onde, traz um mal nos olhos para ti,
ou é só um mal, desses que vão apagando as luzes até cegar o humano

Se alguém trouxesse um mal assim,
e tu e a dúvida: se é um mal nesse ser em si ou um mal desse ser para ti,

o que farias?

Os olhos,
essas luzes que às vezes se apagam de tristeza,
às vezes se incendeiam: e um ódio no outro se doado a nós?

— Se isso assim, e então: a Dúvida,
deves fazer a opção pelo Jejum das coisas pelas coisas,
pois como saber, Orino, se esse olhar é uma bênção ou um veneno,
e se dele está vindo para nós um alimento abençoado ou venenoso?

pois esses são os deslizamentos, Orino,
diria depois Oniro

e sendo eles assim.

E se já sabes que vais te mover através de um deserto ou jardins ou pântano cheio de metamorfoses enquanto vamos

e vou semeando essas palavras em teus ouvidos

e que para te moveres neste deserto ou jardins ou pântano precisas,

cheio de Metamorfoses em ti,

estar mais revelado a ti mesmo,

então agora deixa que eu te diga,

pois serão muitos os deslizamentos também nisso que eu te digo,

isso:

— É pela ausência do Um,

e disso alguns, mais sós, se dizem: A gente tem é saudade de voltar a não ser nada

e outros nos dissessem

oÓ: vejam:

a Visão do ssaKil

que nós, seres da Neblina, e pela Neblina separados,
e indo assim dispersos por Andara,

mas quem se semeará em Andara

Andara, que alguns chamassem: a Vida: ou: Andara, a região de asas,
Andara querendo ir do Visível ao Invisível
quisesse unir num só
Ser esse Animal de Névoa que nele nós habitamos, unir

terracéuterra: Ó vermelho entre dois oo negros

oÓo

E enquanto vamos, querendo pisar as Estrelas com os nossos pés cheio de terra querendo pisar Estrelas

o não-ser vem em nós clamando, mas sem vozes,
e nos devoramos uns os outros.

Isso é assim
E sendo.

E se essa fome que nasce em nós, sendo dispersão, resulta em União: a união do devorador e do devorado,
e assim como negar que vai cessando a Separação pela Assimilação,
mesmo que a custa da anulação dos devorados pelos devoradores como se vê em tudo a nossa volta?

Pois eis: ela, a grande fome do Devorador em nós sua Voz como se nos dizendo:
vocês, estando separados, no entanto não é assim que deve ser,
e eu lhes dou as fomes para que se reúnam uns aos outros outra vez
em mim

— Ouves, essa Voz em nós, Orino? oÓo?

seu Nome inominável

Ó

vermelho em nós silenciosamente, ó

Da voz de Água rápida

eu te daria a pedrinha branca, a pedrinha em que estaria escrito O Nome Que Ninguém Conhece, somente aquele que a recebe

A Esfera, a rolante entre Treva e Luz
a pedrinha
a inominável

ó k, não queres a pedrinha?

Onde nas Trevas vaga o meu filho branco, ó k?

pois assim é, o sendo

Se pudesse dizer: o que a Fome, o que ela quer
é que as coisas, que aquela Lâmina separou, se
reúnam outra vez,
pela Alimentação das coisas pelas coisas?
Até atingirmos a Coisa?

Qual coisa?

Da voz de Areia lenta

— Vê, Oniro, isso que eu te digo, pois ao te recomendar os Jejuns até parece que me contradigo

Vês?

mas havendo dito isso Oniro: isso,

oo: Oniroorino,

eis que agora Orino, só o, o fascinado por uma outra coisa que agora via

Lento, um animal haveria surgido diante dele, no caminho por onde iriam.

E, se aproximando,

fosse começando a devorar Orino. Neles, se iniciasse uma amizade?

Pois Orino se deixando ir para o interior escuro do animal, iria, lentamente, se negando ao sol

mas mais alto ainda rondassem os sóis cegos, os que não nos veem,

uns homenzinhos, fossem insetos

aqui embaixo,

pois aquele sol sobre eles uma manhã

Ó luzes ocultas de nós
Um Sol Negro sempre ronda?

Se Oniro não afastasse o animal
E lhe dizendo:
oo
— Não, Orino. Ainda não, pois isso é só a amizade das coisas coisas pela coisa. Sigamos. Pois é a amizade das coisas pela coisa Coisa que espera por nós

E então eles seguiriam.

Mas uma perna de Orino ali ficava, mais escura dentro do animal no escuro

Esse Sacrifício à amizade tendo sido feito,
mesmo que fosse só um passo dado aos nadas que somos

— Via dos mutilados, se diz

Pois essa é a Via em que eles estariam,
Oniro e Orino
OniroOrino
Oniroorino
oo

como vocês verão
Se sendo um só?
Como saber?
O nós, que não existe: e onde o Nó em nós

On gde? Perguntasse a Serpente, se passasse agora por ali

Ah o humano
Nosso Espelho partido, seus cacos

Deslizando entre o nãoserser

Da voz de Areia Lenta

Deslizando,
pela fome física como amizade decaída

eis Oniro e Orino indo. E por um tempo
andassem em silêncio

A gente tem é saudade de voltar a não ser nada

seres da Neblina, e pela Neblina separados

e pela Neblina separados,

e indo assim dispersos por Andara

E essa voz verde que nos grita

— oÓ: oglhem, vejam:

a Visão do ssaKil

Andara, Região de Asas

andara não é nada, não é Nada

é só um caminhar inverso. Não mais o ir
do calcanhar para os dedos dos pés

Teus pés querem retornar à Origem dos passos

Se diz

Da voz de Areia Lenta

Ora,

havendo a lua branca que alucina nos dias e a amarela que alucina nas noites passado outra vez sobre eles,
por entre as seivas da floresta Andara,

e os sóis imensos que caminham cegos sobre nós, é bem longe, nem sabendo daqueles homenzinhos lá embaixo: o Fulgor ausente
e só esse solzinho que nos é dado tendo vindo outra vez roçar a terra caindo
caindo
ou ascendendo
no azul

e onde o On D

om

da Amizade das coisas pelas coisas?

— Lembra, Orino
Agora Oniro voltasse a falar, e dizendo
— Te disse que os alimentos são visíveis, invisíveis e simulacros. E que, alimentos, podem ser bênçãos e venenos. E te disse que as bocas são visíveis, invisíveis ou simuladas. E que essas bocas podem ser abençoadas e venenosas. E disse ainda que as coisas podem optar pela Fome umas das outras
Ou pelos Jejuns.

Eles parariam no caminho: e no Caminho,
pois esta é a Via,

e sob uma outra árvore e sob uma sombra,
Oniro e Orino, agora aqui nesta seiva sombra

E o animal com a perna escura de Orino em si os observando,
pois haveria seguido Oniro e Orino até ali,

Oniro diria:
— E o que são os alimentos visíveis? Queres que eu te diga?

Dos alimentos visíveis:

E dos alimentos visíveis diria Oniro
— Eles são os minerais, os vegetais, os animais.
O ar, a água, o fogo
E deles passo a te falar assim

E o animal com a perna escura de Orino em si
também ali ouvisse, mas já não todas elas,
nós: as palavras devoradas

Das bocas visíveis:

E das bocas visíveis diria Oniro
— Elas são os olhos, os ouvidos, a pele, o nariz,
a boca
E delas passo a te falar assim

E o animal com a perna escura de Orino em si
também ali ouvisse. Devorasse essas palavras

Dos alimentos invisíveis:

E dos alimentos invisíveis diria Oniro
— Eles são os sonhos, as ideias, os sentimentos, as vozes do vento

E deles passo a te falar assim

E o animal com a perna escura de Orino em si também ali ouvisse

Das bocas invisíveis:

E das bocas invisíveis diria Oniro
— Elas são o sono, a imaginação, os sentidos. E a literatura
E delas passo a te falar assim

E o animal com a perna escura de Orino em si também ali ouvisse

Dos alimentos simulacros:

E dos alimentos simulacros diria Oniro
— Eles são as sombras, as miragens, as imagens
E deles passo a te falar assim

E o animal com a perna escura de Orino em si também ali ouvisse

Ó animal das neblinas,
Ó Fulgor ausente

Também caindo
ou ascendendo
no azul

quisesses entender o Animal Imenso que em teu Dorso habita?

E achar o Ongd da Amizade das coisas pelas coisas?

Das bocas simulacros:

E das bocas simulacros diria Oniro

— Elas são os espelhos, todos esses que a vida semeou na vida para nos confundir, e também os nossos olhos

E delas passo a te falar assim

E o animal com a perna escura de Orino em si também ali ouvisse

Dos alimentos bênçãos:

E dos alimentos bênçãos diria Oniro

— Eles são todos os participam da Amizade das coisas pelas coisas, sejam eles alimentos visíveis ou invisíveis ou até mesmo simulacros

E deles passo a te falar assim

E o animal com a perna escura de Orino em si ali ouvisse

Das bocas abençoadas:

E das bocas abençoadas diria Oniro

— Elas são todas as que participam da Amizade das coisas pelas coisas,

sejam elas visíveis ou invisíveis ou até mesmo simuladas

E delas passo a te falar assim

E o animal, com a perna escura de Orino em si

Da voz de Água rápida:

— ó, k, ó animal umanoh

os alimentos venenos:

E dos alimentos venenos diria Oniro
— Eles são todos os que participam do Ódio das coisas pelas coisas,
sejam eles alimentos visíveis ou invisíveis ou até mesmo simulacros
E deles passo a te falar assim

E o animal com a perna escura de Orino em si também ali ouvisse

Das bocas venenosas:

E das bocas venenosas diria Oniro
— Elas são todas as que participam do Ódio das coisas pelas coisas,
sejam elas bocas visíveis ou invisíveis ou até mesmo simuladas
E delas passo a te falar assim

E o animal com a perna escura de Orino em si também ali ouvisse

Dos alimentos simulacros bênçãos:

E dos alimentos simulacros bênçãos diria Oniro

— Eles são todos os que participam, ao mesmo tempo, da realidade das coisas visíveis e invisíveis,

sendo fronteira sutil e transição, na penumbra, entre elas

E deles passo a te falar assim

E o animal com a perna escura de Orino em si também ali ouvisse

Ó Animal Escuro, aó

quisesses a pedrinha branca?
queres achar nas Trevas o filho Brando?

Ó animal nas Trevas: a verde se amparando em Ó vermelho

aÓ?

até chegar pelo caminho da ida a a vermelho unido a Ó vermelho

aÓ

e no regresso à tua Neblina, ah, como é bem-vindo o sido sendo, o ido retornado, aÓ inteiramente verde

aÓ?

Da voz de Água rápida

— ó, k, ó animal umano h

a voz vermelha diz

Da voz de Areia Lenta

Dos alimentos simulacros venenos:

E dos alimentos simulacros venenos diria Oniro

— Eles são todos os que participam da irrealidade das coisas, simplesmente isso

E deles passo a te falar assim

E o animal com a perna escura de Orino em si também ali ouvisse

Da opção pela Fome das coisas pelas coisas:

E da opção pela Fome das coisas pelas coisas diria Oniro

— Ela é toda opção pelos alimentos venenos e pelas bocas venenosas, sejam visíveis ou invisíveis ou simulacros e simuladas

E dela passo a te falar assim

E o animal com a perna escura de Orino em si também ali ouvisse

Da opção pelo Jejum das coisas pelas coisas:

E do Jejum das coisas pelas coisas diria Oniro

— Ele é toda opção pelos alimentos bênçãos e pelas bocas abençoadas, sejam visíveis, invisíveis ou até mesmo simulacros e simuladas

E dele passo a te falar assim

E o animal com a perna escura de Orino em si ainda ali ouvisse, mas Orino

em sua casinha de ossos, ah

O quanto pode um homem de outro homem ouvir

Da voz de Água rápida

— ó k, não queres a pedrinha branca? Não? Eu te daria essa pedrinha branca, ó k,

onde estaria escrito O Nome Que Ninguém Conhece

O Nome somente o nominável pelo Espanto,

ó k

Ó Escritura que não cessa, só tu falas onde cala a literatura
Que Ave negra assim girando em círculos em ti
Não temer.
Por que eles temem: teus vícios tuas repetições

tudo isso que adeja
e busca enquanto os nossos pés vão indo para a Penumbra, assim em sonhos?

Da voz de Areia Lenta

sobre a opção pelo Jejum das coisas pelas coisas hávendo sido as últimas palavras de Oniro que o animal ouvira, se através do Lodo ouvira

agora Oniro calaria

e o animal, onde o animal com a perna escura de Orino em si,

agora, onde ele estaria, hein

Ali,

agora só a perna devorada de Orino ficaria, devolvida à terra, no caminho

pois, ao se ir, ele a deixara. Mas não as palavras devoradas de Oniro

E quando Oniro diz

— E agora vamos nos pôr a caminho, Orino, vamos daqui,

para doar a outros tudo o que, aqui,

graças a esses ventos esvoaçantes, a essas vozes que sopraram dentro de mim, e diz-se disso: o vento: o Vento sopra em toda parte

e apesar da areia de que somos feitos não nos desfaz,

aprendemos

Via dos Mutilados

ficasse aquela perna ali,
a esquecida,
e cintilasse ainda, pois devolvida ao sol

Ah como a Casa de Lodo é escura: a terra

Via dos Mutilados. Um passo.
Via dos Mutilados. Outro passo

Seguiriam

E, mais tarde, apontando o céu com um dedo longo, enquanto iam, Oniro estaria dizendo:

— Olha, Orino,

tu não sabes ver,

mas sabes que nos céus das coisas duplas duas estrelas giram em torno uma da outra? Parentes

O amor. O Amor?

E dizendo isso, apontasse um céu invisível sobre eles

Mas depois diria Oniro,

pois não podia mentir: não podia, então não podia:

— E no entanto, tão atraídas uma pela outra, o mal se dá: o Mal. E dizem esses que olham o céu nas noites Escuras de estrelas que elas sendo fomes ocas negras, se devoram. Aí se dando mais uma vez a Fome das coisas pelas coisas

Por isso, há sóis que preferem a solidão,

e ficam lá, esferas, girando em si em sonhos

e homens, pois mais grave é quando se quebra a carne, que preferem ser vazios de homem em si, imagens

fosse ficando aquela perna escura, a devolvida
à luz, mais e mais para trás,
como ficara o Anjo da História,
as asas fechadas no peito, lembram?
plumas e pó

fossem insetos
aqueles homenzinhos, que das vértebras ainda
diziam

ó

o ui em nós

Lembram?

e cintilando ao sol,
a esquecida,

eles seguiam.

Via dos Mutilados. Um passo
Via dos Mutilados. Outro passo

E Oniro,

que coisas ainda diria?
Que já não se ouvirão aqui. Via dos Mutilados, outro passo

Pois na Via dos Mutilados às vezes nem a Escritura fala, e ela, a Literatura, na Via dos Mutilados
ainda mais se cala

ainda que Oniro, quem sabe, no Silêncio que se fez, a si, oo, dissesse
para se ouvir ainda e sem voz? e diz-se disso: que o teu ouvido escute a tua boca,
mesmo que Oniro ainda dissesse,
se dizia

Da alimentação do corpo pelas pedras:

Da alimentação da alma, essa ave que, diz-se, voa dentro de nós, pelas mãos:

Da alimentação dos olhos pelas sombras:

Da alimentação das miragens:

Da fome dos sonhos pelo sono:

Da fome do sono pelos sonhos:

Da alimentação da amizade pelo ódio:

Da alimentação do ódio pela amizade:

Da alimentação da amizade pela indiferença:

Da fome dos alimentos uns pelos outros:

Da alimentação dos alimentos uns pelos
outros:

Da alimentação do mal:

Da alimentação do bem:

Da alimentação da dúvida:

Da alimentação da certeza:

Da alimentação da dúvida pela certeza:

Da alimentação da certeza pela dúvida:

E se cada vez mais longe daquela perna que ficava para trás ainda se dissesse?

Da fome de se alimentar do bem feito a um outro:

Da fome de se alimentar do mal feito a um outro:

Da fome de se alimentar de si:

Da sede de ser bebido pela água:

Da sede de arder num fogo:

Um passo, outro passo, Via dos Mutilados

e a voz de Água rápida?
Ela também já não mais nos falasse

Silêncio, façam silêncio entre o Céu e a terra

Escutem

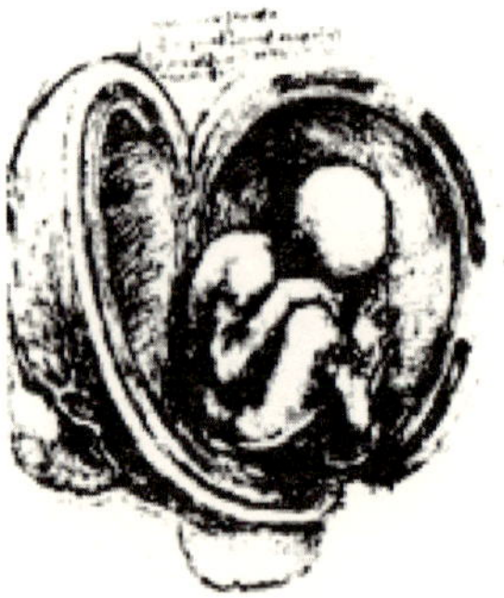

ouvem, alguma voz?

On g de? A voz do Céu? Se perguntasse a voz verde da Serpente, passando por ali agora

e à escura cintilando ao sol,
a esquecida,

quem sabe a sua Agonia, se lá tentando se botar de pé, para vir atrás de Oniroorino

nem àquela perna, se erguendo e tombando, tombando
ela falaria?

A gente tem é saudade de voltar a não ser nada

seres da Neblina, pela Neblina separados

e pela Neblina separados,

e indo assim dispersos

caminha com ternura sobre a Terra, pois estás andando sobre os mortos

os Semeados mortos,

diz Outra voz

É Al-Maharri, agora sob os pés humanos, lábios cheios de terra quem semeará Andara?

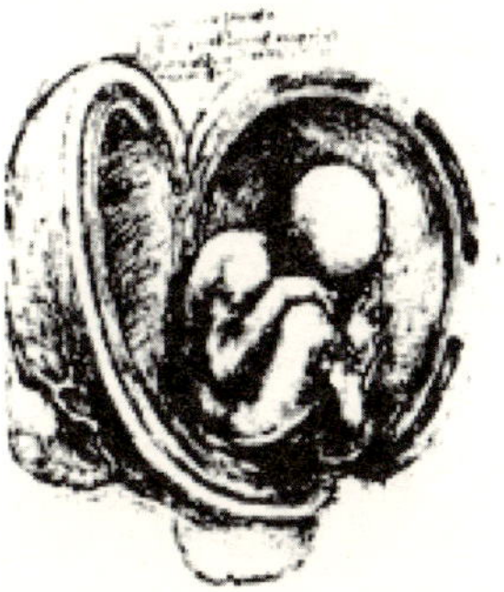

oÓ: ouçam, ouçam:

a Voz do ssaKil

Andara, Asa da Voz. Que Revoada em ti não cessa?

ó k, ó animal umanoh
dizendo a voz vermelha. Que dissesse

Ó k, sabes quem eu sou?

o Olho cego que tudo vê, e nada vendo, e te peço, ó k, vai ver por mim

pois sabes o que eu sou, ó k?

sou o Olho Silencioso que tudo sabe e ao Nada nada diz

Te peço, ó k, me diz
em suas Trevas eles falam de mim? E o que sussssssurram?

eu te daria uma pedrinha branca

Da voz de Água rápida

Ó a k agora perguntasse:
ó k, em suas Trevas o que eles falam de mim?
ouvindo. Estou ouvindo.

ouves?

Não, ó k, pois sabes o que eu sou?
Eu sou o Ouvido Vazio que o Nada ouve

São vinte e quatro as suas vozes. E uns aos outros eles se dizem, com lábios cheios de espanto:

— Ó é uma mônada que engendra uma mônada, e reflete em si mesmo uma só chama

— Ó está todo ele em qualquer parte de si

— Ó é mente que engendra a palavra e persevera na união

— Ó é aquele de que nada melhor se pode pensar

— Ó é aquele em comparação com o qual toda substância é acidente, e o acidente é nada

— Ó é princípio sem princípio, mudança sem mudança, fim sem fim

— Ó é amor que quanto mais se possui mais se oculta

— Ó é o único que tem presente tudo o que pertence ao tempo

— Ó é aquele cujo poder não é mensurável, cujo ser não é finito, cuja bondade não é limitada

— Ó se acha por cima do ser, necessário, abundante e suficiente para si mesmo

— Ó é aquele cuja vontade é igual à potência e sabedoria

— Ó é eternidade que atua em si sem se dividir nem se determinar

— Ó é oposição ao nada pela mediação do ente

— Ó é vida cuja via para a forma é a verdade e para a unidade a bondade

— Ó é o único ao que por sua excelência as palavras não podem significar e nem a mente por sua dessemelhança compreender

— Ó é pensamento de si mesmo e não recebe predicado algum

— Ó está sempre imóvel no movimento

— Ó é o único que vive do pensamento de si mesmo

— Ó é treva que permanece na alma após toda luz

— Ó é aquele de quem é tudo quanto é sem divisão, aquele para quem é tudo quanto é sem variação, aquele no qual é tudo quanto é sem mistura

— Ó é aquele a quem a mente conhece somente na ignorância

— Ó é luz que brilha sem fratura e se difunde mas nas coisas apenas fica uma semelhança divina

ó Eu sou o Ouvido Vazio que o Nada ouve k.
O que mais eles dizem?

— Ó é esfera que tem tantas circunferências quanto pontos

Não ouves mais nada, ó k? a voz vermelha de Ó perguntando

— Espera, escuto: Ainda faltando uma
ah, e a vigésima quarta voz diz de ti

— Ó é esfera infinita cujo centro está em toda parte e a circunferência em parte alguma

esses,
e mais ainda o último,
sendo os mais Esféricos, ó k.
Vissem naqueles oos pequenos lá nas Trevas o Ó que sendo não sou

não sou mas sendo, e, assim, o contível O em ó

fosse O possível. Isso

Fosse o Possível

isso?

k,

mas k, por que eles se dizem Issos assim solenes de mim?

um issozinho de nada as suas palavras

e assim, Quem? O Que?

Nem o nem Ó, e ainda mais se oculta a minha mão direita

a que desceu às Trevas, agora,

a Vazia

Vês entre eles o Outro, o que partiu da minha mão vazia, ó k?

Vês? Lá, ele? E também balbuciante, ó

Pergunta Ó sua voz vermelha de crepúsculos e auroras

E mesmo se tudo visse, K lhe diz:

— Não:

a menos que seja aquele de onde brotam as duas cabeças

— ó k, pedindo Ó, não vais achar o meu Filho nas Trevas lá embaixo? Não queres a pedrinha branca, ó k?

Eu te daria a pedrinha branca

Não queres a pedrinha branca, ó k

eu te daria uma pedrinha branca, uma pedrinha em que estaria escrito O Nome Que Ninguém Conhece, somente aquele que a recebe:

Ó Esfera de silêncio

Da voz de Areia Lenta

E se avançam Oniro e Orino com as três pernas que lhes restam, através de Andara,

cruzassem as Águas das Alucinações Humanas,

e dando as costas às seivas da floresta,

sobre o lugar do Diálogo dos alimentos só viriam passar a lua branca que alucina nos dias e a amarela que alucina nas noites depois que houvesse ido dali

depois que houvessem ido dali, sumindo longe bem pequenos no horizonte

como são também de perto os homens,

ei-lo, o vento. O Vento.

Voltando, passando outra vez por ali, agitando as árvores, assustando as folhas recém-nascidas

e dizendo, insistindo:

— Um animal é uma falta de tudo para sempre

Mal sabiam

dissesse a voz vermelha

}}}}}

O omem de areia

Mal sabiam

que naquele Areal para onde os seus passos os háviam levado,
ao darem as costas às seivas da floresta,
o vento: o Vento, já haveria chegado antes.

E ali
enquanto eles viriam surgindo longe do horizonte, bem pequenos

como são também de perto os homens, dissesse a voz vermelha

e ainda menores se em Orino falta uma perna,
ei-lo, o vento. O Vento.
Já passando agora ali, agitando areias e dizendo, insistindo:

— Um animal é uma falta de tudo para sempre

Da voz de Areia Lenta

— E cada um possui a todos dentro de si e vê
em outro a todos, e tudo é tudo e cada um é
tudo
e cada um é tudo
e o Fulgor é imenso,
pois cada um deles é grande,
pois também o pequeno é grande
Lá o sol é todos os sóis
E cada sol é sol e todos os sóis

Tendo nos dito isso Plotino, pois, lembram?
fosse aquela a sua voz em chamas

— É?

E no entanto agora esse vento, também aqui neste areal, que insiste, que diz:
— Um animal é uma falta de tudo para sempre

Então,

entre seivas ou areias,

um animal é uma falta de tudo para sempre

é?

E esse vento, que agora soprando, entre areias, diz

Sim.

pois é no instante em que eles estariam chegando, que um vento sopraria forte ali

e tão furioso, ah, pois ali se desfazendo um homem na areia

neste Areal que é uma mancha de brancura,
que é uma mancha de silêncio

Ó a Escritura, ei-la que volta de sua fratura branca?

tão branca essa fratura no animal do texto

E diz-se disso: se balbuciantes são os ossos do texto, Escritura

e ali aquele: já um omem de areia

Vocês diriam

— Vicente, ó ser de espanto, omens de areia não existem

Mas, Sim, existem. Lhes digo com os escombros das palavras

— É quando morrem todos os alimentos em nós,

e não só os bons, mas até os maus fenecem,

que a areia vem e se instala

Da voz de Areia Lenta

Estaria agora ali,
no Areal,
dizendo Oniro a Orino
— e então a carne cede logo e vai cedendo a uma vocação de areia em nós, já sem resistir.
E nem mais o Lodo, o Úmido em nós, se acumula

aquilo se dando assim, naquele areal aonde eles haveriam chegado,

quantas vezes aquele omem ali, de areia, já haveria resistido ao vento?
o vento: o Vento
Ou é a primeira vez? O vento, só agora ali,
trazido por eles? Mesmo tendo chegado antes de Oniro e Orino, o vento
Como saber.
Não saberemos. Pois em nós, os ainda os úmidos, mesmo os lodos quase nada sabem

E o vento:
— Um animal é uma falta de tudo para sempre
repetia.
E outra voz, ó Água veloz. Seu eco?
Que dizia. A voz vermelha

Um animal é uma falta de tudo para sempre

Mas como ouvi-lo, o vento, com ouvidos de areia?

Nesse Areal onde nós, agora também tendo chegado,

resistimos, resistimos

e não queríamos estar,

como ouviria aquele omem de areia aquelas palavras com ouvidos de areia? Um omem de areia. Sim, existe. O que nós nem como literatura queremos ser

a pergunta vermelha
E nas Escrituras do ser, vocês aceitariam?

— Um animal é uma falta de tudo
O vento: o Vento repete
Um animal é
Seu eco vermelho ressoa

E toda aquele areia, que se agita ao redor daquele omem,

e nele.

Mas não em nós?

Nem só em hipóteses de inscrições humanas, e diz-se disso: Escrituras?

Uma outra areia mais fina, após a areia grossa da Literatura

E Oniro e Orino havendo chegado ali, então, no Areal

oo

Oniroorino

um vinha na frente, pois mais queria doar a outros o que sabia. Aviva o fogo. Adivinhas qual?

Perguntando o homem que contando ao outro ao redor do fogo a história de OniroOrino,

deixem que eu, Vicente, isso lhes diga

ó Escritura convergente,
como tu a todos tudos tens Em ti

Eles estariam vindo, vocês sabem, dos sonhos da lua,

a branca que alucina nos dias, a amarela que alucina nas noites, tendo deixado para trás as seivas da floresta

E agora teriam chegado nesse Areal, onde,
ao sol, só uns grãos secos, de sonhos umanos,
os ressequidos

— Ei, tu.

Diria Oniro ao chegar, fazendo sombra sobre Orino que viria atrás

oo?

— Ei, tu, diria Oniro, ao se aproximarem através da areia daquele outro no Areal

Esse outro, porém, se só ouvindo o vento não o ouvia

E nele nem um gesto, um levemente, pois nele todo o lodo abolido

E furiosamente só a areia ali se agitando,

aquela pele de areia,

então, eis: um grão de areia, arrancado pelo vento, estaria saltando do omem de areia

e viria, esse grão, se cravar no olho de Orino.

Que animal, e ainda um homem em si

e diz-se disso: um animal em si, fora de si

chutaria aquele monte de areia, aquela forma já umana de areia, e a desfaria. Vermelho ahhh

Poderia esse encontro,

ainda que seja só um encontro do humano com um omem de areia,

se desfazer assim?

Sim.

Pois sendo um homem só um montinho de pó que um outro homem com um sopro desfaz, e sem ternura

A Pergunta Rubra

então, para que contar histórias? E desse omem de areia

Fim, então. E se diz: fim da Literatura

Mas não sendo mais isto Literatura, ó ossos de palavras, Ó Escritura

e Oniro não querendo que isso fosse assim,

e

para ter a quem doar lições

sobre a Espessa em tudo, em nós

sob a lua amarela, sob a lua branca, e ainda que doadas a ouvidos onde o lodo se acumula,

ou para um omem de areia,

e ainda que asas negras, asas brancas,

mais adiante vocês verão, mas só mais tarde, quantas páginas adiante ainda não sei

não as quisessem aceitar,

pois saibam: Asas negras, Asas brancas ainda virão voar sobre vós, terríveis, quantas páginas lá adiante não direi,

disse e calasse a voz vermelha

Oniro, então, não querendo que isso fosse assim juntaria minuciosamente, grão a grão, aquele ex-homem,

o desfeito, do chão. E, tendo o cuidado de nem respirar,

não soprasse sem querer, e espalhasse aqueles grãos no pó o que sempre nós espreita,

refaria minuciosamente, grão a grão, aquela ex-carne

e,

homem sem sequer brisas em si,

sem soprar,

e até fazendo do seu corpo um escudo contra o vento que por ali continuava a soprar furioso e dizendo, insistindo

— Um animal é uma falta de tudo para sempre
uma falta de tudo para sempre. Eco vermelho

e até mesmo obrigando Orino oo unido a si a fazer de seu corpo o Mesmo escudo

e então, eis: o omem de areia abriria os olhos,
e diria:
— oi
Esse pequeno som vindo dele.
De criança, renascendo

E para quê?

Ainda para esse sonho de existirmos

De carne. Ou areia.

ah, não importa, não importa

Da voz de Água rápida

Ó k, me diz

Pede a voz vermelha

k: aqueles vinte e quatro que Susssssssurrando nas Trevas, também eles não querem a pedrinha branca, ó k?

Eu lhes daria a pedrinha branca, ó k

Da voz de Areia Lenta

Depois,
o vento havendo cessado, O ido dali

— Um animal é uma falta

ele dissera ainda uma vez, e cessara
um animal é uma falta. Sim
eco vermelho

agora Oniro e Orino estariam sentados ao lado daquele montinho umano de areia, sacudindo grãos, se limpando, e distraídos nisso

nem notassem que faltava meio rosto no omem de areia

pois a ternura em Oniro,
após a fúria em Orino

mesmo o minuciosamente,
e de grão em grão refazendo aquele montinho humano

ó sopros inversos, não fora suficiente

Os grãos que haviam sido aquele meio rosto de areia, agora perdidos no areal em volta deles

Via dos Mutilados, vocês sabem.

Pois esta é a Via

Se passasse agora novamente por ali, o vento: o Vento poderia soprar, ainda com mais violência

— Um animal é uma falta de tudo para sempre

Ó o ah, o ui, o ei de espanto
e esse escândalo de ser um só de areia e lodo em nós

dissesse Oniro, mais tarde, àquele meio rosto de areia:
— Viemos só para te doar o que aprendemos.

Aí, nesse Areal,

longe das seivas da floresta,
a lua branca e a amarela agora não estariam passando sobre eles

e nem os sóis cegos imensos.

Para onde haviam ido, aquelas luas, aqueles sóis

Mas o solzinho que nos é dado ver roçava a terra bem de perto enquanto ela
caindo
ou ascendendo no azul.
Quisesse ele esse solzinho ser um outro
Fulgor, presente

Que iluminasse, que revelasse

O onde o On D
om
da Amizade das coisas pelas coisas?

Pois num Areal um sol é mais real. É?

Mesmo que sob ele um omem de areia, se desfazendo
e viesse uma brisazinha soprar ainda o seu outro rosto, o que restou?
Ah, a imagem humana. De areia
E logo, nem ela restaria. Não? Soprada,

se foi?

Diz-se disso: a Imagem Humana,

ah: só uns grãozinhos assim tão provisoriamente úmidos, unidos

Seres de grãos de Neblina
criados. On g de o hogmem? A serpente.
Ó, a pedrinha branca

Da voz de Areia Lenta

dizendo o homem que falava ao outro junto ao fogo

— Tu me perguntarias: Qual é o alimento desse tal de areia? Pois ali, só aquele Areal, e areia não é alimento humano

fosse aquilo ainda um homem?

Ele, o omem de areia, já optou pelo jejum das coisas pelas coisas?

— Ó, diria Oniro e logo achando que sim

Mas depois, eis: Oniro triste, se perguntando

— Temos que ser só omens de areia para aprender a lição do Jejum das Coisas pelas Coisas?

e os alimentos que ele trazia consigo?

Se semeasse esses alimentos no Areal?

— Viemos só para te alimentar do que aprendemos,

graças a uns ventos esvoaçantes, umas vozes que sopraram dentro de mim, e diz-se disso: O vento sopra em toda parte

e apesar da areia de que somos feitos,
esse vento não nos desfaz

ele diria ao omem de areia

e agora Oniro, os murmúrios da voz, não fosse o sopro das suas palavras desfazer o ouvido que ficara no omem de areia,

dizendo a ele tudo o que já havia dito a Orino:

— vem como sombra do Um e para o Um volta como sombra

Aqui, na breve Residência, a vida,
imersos nesta luz cheia de penumbras
somos
sendo lá no Um enquanto aqui até parece que somos,
as sombras no Vários,
e se tornam coisas
para se darem em alimento

visível e invisível
e visíveis e invisíveis bocas nas coisas, sempre famintas umas das outras

e também podendo ser os alimentos

bênçãos e venenos

assim como podendo ser as bocas por onde se colhe o alimento
abençoadas e venenosas,

havendo os alimentos simulacros
as bocas simuladas na colheita.

Quanto à permanência na breve Residência
de penumbras sendo lá no Um enquanto aqui até parece que somos,
as coisas podem optar pela Fome umas das outras, e se devorando se devolverem como sombras do Um ao Um

ou pelo Jejum das outras.

há um Dom dado pelo Um

aliado dos jejuns, a
Amizade das coisas pelas coisas.

Ó Escritura
Que Ave negra gira em círculos em ti
Outra Circunferência. Que dedo ausente veio te traçar na terra
Não temer: teus vícios tuas repetições
isso adeja

e ainda busca enquanto os nossos pés, cheios de areia, e indo para a Penumbra, em sonhos

ausente, o vento: o Vento não viesse soprar para longe esses Murmúrios de Oniro? Que dizia

naquele ouvido que restara de areia ainda dizia:

— E o que são os alimentos visíveis?
os minerais, os vegetais, os animais. O ar, a água, o fogo
E deles passo a te falar assim

ah,
mas agora já está voltando o vento: o Vento
e novamente ali, soprando, leva para longe as palavras de Oniro,
oh, lançaria todas elas num abismo,
ah, ele voltara, o Vento
e no ar agora só gira a voz do Vento, insistindo:

— Um animal é uma falta de tudo para sempre

E se

das bocas visíveis, dissesse Oniro:
— Elas são os olhos, os ouvidos, a pele, o nariz, a boca
E delas passo a te falar assim

o vento: Vento levava para longe também essas palavras,
lançava no Abismo,

ele voltara,
e no ar do Areal só a voz do Vento, insistindo

— Um animal é uma falta de tudo para sempre

E se

dos alimentos visíveis, dissesse os sonhos

as ideias, os sentimentos, as vozes do vento
E deles passo a te falar

Oniro, os seus murmúrios, e não

Nada
o vento: o Vento.
E mais palavras eram lançadas no abismo,
e na areia, os grãos da voz humana
ali só essa voz de vento
— Um animal é uma falta de tudo

o vento: o Vento

Via dos Mutilados.

— As bocas invisíveis, o sono, a imaginação
os sentidos. a literatura
— Os alimentos simulacros, as sombras,
as miragens, as imagens
— As bocas simulacros, os espelhos semeados em nossos olhos

Mas tudo indo para o abismo
As palavras,
partidas
Para onde estariam indo? Abismo da voz, se diz

Via dos Mutilados, se diz. Um passo, outro passo,
os passos que as palavras tentam dar em nós, ó relvas sonoras, ó ruínas

— Os alimentos bênçãos
— As bocas abençoadas
— Os alimentos venenos
— As bocas venenosas
sejam elas

bocas visíveis ou invisíveis ou até mesmo simuladas, tentasse ainda dizer Oniro?

os alimentos simulacros bênçãos Oniro
a realidade das coisas visíveis e invisíveis,
Oniro

na penumbra, entre elas

passo a te falar Oniro
dos alimentos simulacros venenos a irrealidade das coisas,
a opção pela Fome das coisas
Oniro, ó
sejam visíveis ou invisíveis simulacros

Oniro o Jejum

as coisas pelas coisas

Mas o Vento, ah

o vento

e no lugar da humana só a voz do vento

— Um animal
uma falta

para sempre

sobre a opção pelo Jejum das coisas pelas coisas havendo sido as últimas palavras que Oniro tentara dizer ao omem de areia

Via dos Mutilados. Um passo, outro passo, também delas, das palavras

Ó Escritura, só tu ainda balbucias?

Mas agora o vento também calava.
Ia dali.

E aí, nesse Areal,

ainda, só esse solzinho que nos é dado ver vem roçar a terra que vai caindo
caindo

Uma noite já vindo, entardecer, o Fulgor ausente

É em silêncio que ela cai, nenhum um gemido
ouvissem tão longe Lá as estrelas?

Se fossem aqueles três, pois o omem de areia iria com eles,
se fossem o sempre um só?
o unzinho humano

deixando para trás o Areal silencioso

Depois das seivas da floresta,
atravessassem as Águas das Alucinações do Ser

agora iriam em direção a uns clarões,
outros fulgores

Ó claro-escuro que cintilas no horizonte, longe

O Vazio que transborda?

as Nuvens de Sal passando, passando

no céu de Andara

sempre passassem essas nuvens que o vento: o Vento não desfaz

Fosse o omem de areia uma Estátua de Areia, ah
mesmo assim: o vento: o Vento

acontecendo que de repente olhando para trás, para o Areal que deixavam para trás, ele, o omem de areia, se eternizasse em Estátua de Sal?

Mas não olhava

quisesse seguir com Oniro e Orino, através das Neblinas de Andara.

Oniro, Orino e o Omem de areia. Um passo,

outro passo, outro passo e pés cheios de neblinas indo neles, ooos, cheios de terra

sob o Sal dos céus naquelas nuvens

e depois que houvessem ido dali,

Onirorino e o omem de areia

sumindo bem pequenos no horizonte como são também de perto os homens,

ei-lo, o vento. O Vento.

Passasse novamente por ali, agitando a areia e insistindo

— Um animal é uma falta de tudo para sempre

Jogasse o meio rosto do omem de areia de lá para cá, daqui para lá, no Areal

Seus grãos. Aquele meio rosto umano se perdia na areia para sempre

grão a grão

se mais para trás já havia ficado a perna de Orino, e antes,

lembram, foi depois do primeiro passo

já havia ficado caído no caminho o Anjo da História, as asas fechadas no peito

Via dos Mutilados, se diz

Um passo, outro passo, outro passo

e as Nuvens

de Sal passando, passando

nos céus de Andara

Mal sabiam

}}}}}}

A Visão do ssaKil

e indo para a Penumbra ah

Mal sabiam

dissesse a voz vermelha

Mal sabiam

que Ali, onde uns Clarões,
outros fulgores

ó claroescuro horizonte

O Vazio que transborda?

Ali, para onde os seus passos os haviam levado,
já tendo dado as costas às seivas da floresta e ao Areal,
o vento: o Vento, haveria chegado antes.

Vissem eles surgindo longe, bem pequenos

como são também de perto os homens,
e ainda menores se em Orino falta uma perna,
e ainda menores se um deles é apenas um omem de areia a quem falta um meio rosto umano,

dissesse a voz vermelha,

e ei-lo, o vento. O Vento.
Já soprando agora ali,
agitando umas asas negras, umas asas brancas e dizendo, insistindo

— Um animal é uma falta de tudo para sempre

Da voz de Areia Lenta

— E cada um possui a todos dentro de si e vê
em outro a todos, e tudo é tudo e cada um é
tudo
e cada um é tudo
e o Fulgor é imenso,
pois cada um deles é grande,
pois também o pequeno é grande
Lá o sol é todos os sóis
E cada sol é sol e todos os sóis

Que voz nos disse isso? Perguntando ao outro
o homem que falava junto ao fogo,
lembras?

e cada um é tudo
e cada um é tudo
e o Fulgor é imenso, lembras?

— É?

E esse vento, também aqui, que insiste, que
diz:

— Um animal é uma falta de tudo para sempre

Então,
entre seivas ou areias, ou Clarões

um animal é uma falta de tudo para sempre

é?

E esse vento diz
Sim.

como é escura a Casa de Lodo: a terra, ah

Via dos Mutilados. Um passo.
Via dos Mutilados. Outro passo, agora entre
Clarões

e Onde a escada vista em sonhos

e On g de o co ggg ito ergo sun

perguntasse a voz verde da Serpente se passando por ali agora

Da voz de Água rápida

ó k, me diz
Onde está a minha pedrinha branca, ó k?

— ó, k, ó animal umanoh

onde estás?

ah horizonte que finge subir para o céu

e esse vento então soprasse aqui, entre essas asas negras, brancas.

Sim.

eles estariam chegando, oos

e Oniro vindo na frente, pois quisesse fazer às asas negras brancas negras brancas também suas doações

Essas asas combatendo pela Luz,
combatendo pela Sombra

estariam vindo, oos
dos sonhos da lua,

a branca que alucina nos dias, a amarela que alucina nas noites, tendo deixado para trás as seivas da floresta,

ficasse lá o Areal

E agora houvessem chegado nesse lugar, onde,

ah sombras, ah clarões, ó asas negras, brancas, negras
no ar

O que veriam ali primeiro?

Da voz de Areia Lenta, do homem junto ao fogo
Que dissesse

Não foram aquelas asas, te digo sem meus olhos

Pois eis: lá também estava ele, o Ovo, imenso no horizonte
Assim tão alvo, e se erguia, unindo a terra ao céu. O Ovo oh

Como não o haviam visto antes, tão alto, varando as nuvens

E em torno dele, girando, o Vento.
E as asas, negras, brancas, negras ali em volta do Ovo, também girando no vento

eles veriam

não vissem mais aquele solzinho vindo roçar a Terra caindo, caindo

ascendendo

Dias de lua amarela e noites de sol e lua branca, ah, e nuvens de sal agora no mesmo céu. E asas

Aquilo fosse as Vertigens é estar vivo

sentes um gosto de sal no céu da boca? Mas é lá que as nuvens de Nuvens de Sal estão passando,

diz ao outro o homem em volta do fogo

Ó Escritura, Tu tudo te permites para dar mais sabor ao sonho humano?

Diz-se disso: sal das palavras, silêncio da Literatura. Tu és o sal do céu, Ó Escritura?

— Viemos só para lhes doar Os alimentos.

As vozes que sopram dentro mim O vento sopra em toda parte

na areia de que somos feitos,

mas não nos desfaz

Diz Oniro àquelas asas negras, as Negras, àquelas asas brancas, as Brancas,

Girando em volta do Ovo imenso no horizonte

Ah,

mas aquelas asas eram lâminas,
e se cortavam umas às outras, no ar
combatendo pela Sombra, combatendo pela
Luz
E essas asaslâminas no céu, para onde subiam
as palavras de Oniro, todas mutilavam e devolviam à
terra
Caíssem juntas, as asas negras, brancas cortadas
e as palavras de Oniro,
agora semeando a terra.

Oniro tropeçasse nas letras de palavra mortas

ali

m

en

to

s

as Palavras agonizantes, devolvidas à terra, jogadas pelo chão
Via dos Mutilados. Um passo.
Via dos Mutilados. Outro passo
Não queres a pedrinha branca, ó k?
Aquele K partido do Alfabeto Humano
Onde a pedrinha branca, ó k?

Ó

aos pés de Orinoniro e do omem de areia a terra ficando cheia de pedaços de asas e palavras, que rapidamente retornando ao Pó,

umas, ainda tentando voar de banda, mas só se arrastam melancolicamente

outras, ainda tentassem se dizer, mas só balbuciando tolamente, ó

se desfazendo nelas, essa, de que se diz: lit

era

tura

balbuciando, oh, a tolamente

Imenso no horizonte de Clarões, aquele Ovo ali, não uniria a terra ao céu

Vejam, vejam: a loucura brilhante de estar vivo veio se mostrar outra vez nos céus de Andara Oh

Esses anjos negros, brancos, essas asaslâminas
esse Clarão claroescuro que sangra,
e gira, no ar
e é uma nova estrela

Que agora brilhasse entre as estrelas mais antigas

Andara, ah

E se Oniro contasse às asas negras, às brancas, a história da amizade das estrelas?

Se tentasse

Oniro gritaria

— Olhem.

Já estava gritando

E apontava um dedo longo para o céu.

As asa parariam de girar, agora pousassem no Ovo, o imenso no horizonte. Oh suavemente

Se curam umas as outras as suas feridas. Primeiras cicatrizes

É como se aguardassem

E apontando o céu, Oniro diz

— Olhem,

cegas pelo sangue, vocês não sabem ver,

mas sabem que nos céus das coisas duplas duas estrelas giram em torno uma da outra? Parentes

O Amor?

E dizendo isso, aponta outro céu, invisível sobre elas

Mas depois diria Oniro,

pois não podia mentir: não pudesse, então não podia

— E no entanto, tão atraídas uma pela outra o mal se dá: o Mal? E esses que olham o céu nas noites que, elas sendo fomes negras ocas, e se devoram. Aí se dando mais uma vez a Fome das coisas pelas coisas

Por isso, estrelas que preferem a solidão, e ficam lá, esferas, girando em si em sonhos

e homens que preferem ser só homens, vazios de homem em si, imagens

— Pois mais se quebra a carne que uma imagem

Ah asas negras, ah asas brancas
A verdade é sempre claraescura?
E se se parte o Ovo imenso sobre nós
Ó Clara derramada, ó clarão Fonte jorrando
o ui em nós

Ouviremos um dia o teu clarim após a última vozinha ainda em nós, fossem insetos os homens:

a da Escritura?

Ó o ui em tudo em nós

um tempo breve, em que na vida breve nada se moveu

Nascesse naquele céu uma cicatriz de Auroras?

Essas palavras de Oniro durando no ar,
do céu nenhuma gota do sangue do Céu caiu

Mas logo as asaslâminas deixavam o repouso do Ovo imenso no horizonte
dilacerassem, também, essas palavras e elas como as outras
iam caindo, devolvidas à terra.
Voltavam a combater pela sombra pela luz,
elas também sendo fomes, ocas, e aí se dando a Fome das coisas pelas coisas

A verdade é sempre clara escura. Ó

Ovo

imenso no horizonte

javem, vejam:
esses anjos sangrando sobre nós
ou são as rixes da Árvore Andara que e inverte e se incendeia para lançar suas cinzas sobre nós
a palavra inseto se arrasta pela terra

Ah lâmias, lâmias, essas lâminas

E o vento agora estaria voltando,
e agitando as asas, negras, brancas, negras e tudo girando ao redor do Ovo imenso no horizonte,
O Vento, cruelmente
— Mesmo se anjos, uma falta de tudo para sempre

O omem de areia tropeçando em pedaços de palavras e asas,
então Oniro estivesse olhando o seu meio rosto, o que restou

e de repente, terrível entendia
que se para a areia o vento fosse atraído
para desfazer, como antes, no Areal, mais ainda a vida já desfeita em pó,

e se parasse, oh por um instante,
e, sem agitar no ar as asas negras, brancas, elas voltando ao repouso, ah suavemente, do Ovo imenso no horizonte

Então?

O que?

e eis Oniro, o horrível: o humano

Vocês conhecem os passos do amigo. Se aproximasse do omem de areia. E então soprasse

E pelo exemplo humano o Mal nascendo,
o vento: o Vento agora também soprava as areias daquele omem. Terrível
Enquanto Oniro, era pés leves se afastando

Pudesse agora recomeçar a lição, a Doação dos alimentos.
Pois também as asas negras brancas teriam voltado a pousar no Ovo imenso no horizonte
ficassem olhando o vento: o Vento grão a grão desfazendo o omem de areia

e enquanto o vento desfaz o omem de areia Oniro doando às asas negras, brancas os alimentos, diz

— os visíveis:
os minerais, os vegetais, os animais. O ar, a água, o fogo
e as bocas visíveis?
são os olhos, os ouvidos, a pele, o nariz, a boca
e quais os alimentos invisíveis?

eis os alimentos invisíveis: os sonhos, as ideias, os sentimentos, as vozes do vento

a as bocas invisíveis?

eis: o sono, a imaginação, os sentidos. E a literatura

e quais são os alimentos simulacros?

as sombras, as miragens, as imagens

e as bocas simulacros?

espelhos, todos esses que a vida semeou na vida para nos confundir, e também os nossos olhos

Grão a grão, o omem de areia ali se desfazendo

— vou lhes doar agora os alimentos bênçãos,

dizendo Oniro

eis os alimentos bênçãos:

são todos os que participam da Amizade das coisas pelas coisas,

sejam eles alimentos visíveis ou invisíveis ou até mesmo simulacros

Grão a grão o homem de areia, ali se desfazendo

a Fome das coisas pelas coisas, doando Oniro

e as asas, negras, brancas, negras, pousadas no Ovo imenso O omem de areia ali se desfazia, grão a grão

ah o vento: o Vento
Ah Oniro
ai, o humano

o humano? oO umanoh,
ah,

pois já corria Oniro, abandonava as doações, emvolvia com o seu corpo aquele corpo de areia: o Jejum
antes que se desfizesse todo. O para sempre.

Não queres a pedrinha branca, k?
Eu te daria a pedrinha branca, ó k.
Ó Escritura, tu também salvarias a Literatura da palavra Pó?
Ó Escritura,
que asas negras em ti se repetindo

e Oniro
Ó Escritura
Catasses um a um os grãos,

antes que se perdessem entre pedaços de asas,
entre os grãos da areia das Palavras
refazia grão a grão o ogmem de areia

Se desinteressassem novamente das coisas da terra as asas negras, brancas, negras. Voltavam a combater nos céus

Ah céus de Andara

Sob eles a terra não repousa um só instante?
Aqui, nenhum krish
n
a
descer paralisa a vida para a trégua das lições?

javem, vejam: nos céus de Andara a loucura brilhante de estar vivo, só ela permanece
E esses anjos brancos, negros, essas asaslâminas
esse Clarão claroescuro que sangra, e gira,
e é uma nova estrela,
e brilha no ar entre as estrelas mais antigas

e de K, onde o Castelo
alado

Da voz de Água rápida:

— ó, k, ó animal umano h

Onde estás,

ó k?

Deves achar o meu filho Branco, ó k

onde a pedrinha branca, ó k, e onde o meu filho Branco

e tu, ó k, onde estás?

A voz vermelha busca

te achar para que aches o Alvíssimo, ó k

Da voz de Areia lenta:

Depois, noites sem lua e sem estrelas viriam
E no céu escuro só essa nova estrela, esse
Clarão claroescuro, ficaria, brilhava, sangrava
Seu giro. Sobre o Ovo, O imenso

E depois, uma noite, as estrelas voltando uma
aqui,
outra ali
Essas pedras de luz, antigas, que o céu estra-
nhamento não joga contra a terra

pois se caíssem atingiriam primeiro os anjos,
esses voos entre o céu e a terra,
antes de atingirem os homens?

não caíssem, não caíam,
vinham e se mantinham lá, longe aquelas luzes
Um imã as quisesse para Si, lá.
Um imã: o Imã? L?á

Que imã? Imagina, se um Imã em nós
Dizia ao outro junto ao fogo o homem que falava

Seria vendo as estrelas surgindo que Oniro diria:
— Vê, Orino, o que te digo:
A vida,
essa Neblina em que até parece que somos,
só pode ser movida de dentro da vida.
Faria um círculo em volta de Orino, falava sob as Asa no céu repetindo na terra seus Círculos
Como na terra os teus Círculo, ó Escritura?
Oniro perguntando
— Pode a vida ser movida de fora de si?
— E se pudesse?
— E se pudéssemos estender um braço,
e se um braço longo fosse erguido, humano, para o céu, e céu adentro fosse penetrando,
e apoiássemos esse Mal de ossos Lá
naquela estrelinha ali, recém-nascida, aquela que acaba de surgir agora, é bem longe, vês, a luzinha,
vês?
Só uns ossos humanos
Com eles poderíamos deslocar a vida?
Sim?
Ao menos um pouco?
O que dizes?

E já estaria Orino erguendo um braço
mergulhasse aquele braço longo humano entre as estrelas.
E se fizesse isso. Os ossos, humanos
então

ah

se fez,
pois de repente se ouvisse em todo o céu aquele som profundo, o Som
De caverna encantada, ruindo,
e fosse a caverna encantada, a Vida, que nós, humanos, temos dentro de nós
ruindo.
E uma poeirinha começando a cair sobre eles, do alto

oh

mas já Oniro lhe dizendo
— Para.
Pois se fizesse isso

Ah ruínas que nos sonham grão a grão
Toda a Areia desta vida vindo abaixo

O que, então, Orino não fez

A Via, a vida:

ah ela, ah ela: Ela: a súbita com lentidões mortais

Ah, ela: ela: nas Trevas: lá os diasSombras

ahh ela: Ela: sua seiva de Centeio Negro

Ah ela: ela: nas Trevas Outra de si mesma

ahh ela: Ela: margens onde não brotam musgos menos escuros

Ah, ela: ela: a contorcida que tecida em Dúvidas
dissesse a voz vermelha

e a Serpente, se ali passando
dissesse:
ah ela, ah ela: Ela: e em mim uns sonhos com a Pedra da Permanência

e ongde o ogmem

Voltaste às Trevas, ó k?
Voltaste

e onde
aí,
o Brando, o Branco, ó k
Onde a pedrinha branca, ó k

Buscasse a voz vermelha

— Vê, Orino,

mais tarde diria Oniro

— Pensar a vida é dividir a vida em pensamentos.

Fecharia os olhos, tentasse ouvir em si uma resposta. Se perguntasse

— Se ele, o Um, pensasse ao menos Uma vez em mim,

me pensaria como Divisão? O Separado?

Depois, vendo a revoada de insetos,

antes serenos, agora os assustadozinhos só pela brisa que agora ali passava, dias havendo nascido e morrido,

era numa nova noite isso.

E Oniro sabe vendo os insetos assustados pela brisa, se espalhando no ar da noite: é que eles também têm o Espanto humano em si

Sentir a vida, então, é se dividir em espantos? Se perguntava

Sobre isso de pensamentos

mais tarde, nessa noite, ele dizia

— Assim como há rebanhos de animais selvagens, também rebanhos de pensamentos selvagens, Orino,

querem nos devorar

Outra vez fazia círculos ao redor de Orino, girava, dizia:

— Os pensamentos, esses, nos rondando,

ah, o ui

o que fazer Orino, quando monstros assim se lançam sobre nós, é de dentro de nós

Se deixar devorar por ideias de abismos?

ah, Orino, nada a fazer?

Girava ao redor de Orino, fazia os círculos da terra, e dizia:

— Te digo, Orino, pensamentos selvagens são como uns lugares que se encontra, indo pela vida, levados pelos ossos dos pés, tropeçando, lugares pântanos, uns jardins de lodo, ó antros a evitar.

— Ah, Orino, esses rebanhos são como uns amontoados de homens onde às vezes se vai parar, indo pela vida, puxados pelos ossos das mãos,

e nos vemos em regiões humanas cheias de lodo, ó venenos a evitar.

Girava ao redor de Orino, fazia os círculos da terra. Dizia:

— Mas como evitar

nos dias de temer ainda mais a vida essas nuvens negras que vêm pesar sobre as cabeças dos homens,

e então se corre sob céus terríveis em busca de céus serenos que não existem

— Mas como evitar

nos dias de odiar a vida esses lagos negros negros

que vêm se estagnar em nós, sob nossas folhagens humanas escuras,

e então se corre em busca das nesguinhas da vida onde os humores alvos se metem, se escondendo de nós.

Girava ao redor de Orino, fazia os círculos da terra

— Orino, foge dos pensamentos em bando negros.

Busca em onde habitam os brancos rebanhos brancos

E bem dentro de nós?

Tens que fugir mais para dentro de ti.

Pois também esses, os branquíssimos, se esconder de nós

e, primeiro, estariam escondidas em brancas emoções, e então buscá-las

e, depois, estariam escondidas em brancas sensações, e então buscá-las

e, depois, estariam escondidas em brancas imagens, as só em sonhos, e então buscá-las e então achar o rebanho das ideia sem ideias,

que virão comer em tuas mãos, mansinhas,
Orino

sem morder com fúria

De girar, Oniro tonto cairia.
Mas da terra,
as asas
negros, brancos, seus círculos no alto,
aos pés de Orino ainda dizia
— Ah rebanhos dos pensamentos negros, negros, negros
— Ah Orino, busca o animal mansinho
como essas nuvens de animais de lã que se vê quando as nuvens de sal não estão passando nos céus do Animal Imenso do Mundo
É sobre nós

também dentro de nós

Dissesse Oniro, e adormecesse

é num céu em ti que eles pastam, Orino

Mas se adormecia, logo acordava,
e da terra dizia aos pés cheios de terra de Orino

— Se me escutam,

se recebessem esses jorros de ar que envio
a asas negras, brancas, negras mas O Vento não deixa
ah, elas não querendo ouvir
as Palavras humanas

Orino, escuta os teus pés
ouve o que um outro, antes de mim, disse
desse arremessar pedras de sons uns aos os outros, que os homens se fazem pela vida afora

Ele, esse, disse
— A linguagem que se escuta, esse ligeiro fluir é apenas pressão nos tímpanos

disse, esse outro

— A linguagem que se fala é só movimentos do diafragma, das cordas vocais, dos maxilares, dos lábios e da língua,

sendo ela o ar saindo de nós através de aberturas em momentos e por pressões apropriados

depois se perguntou, esse

— Mas o que

está por trás desse expelir de ar?

O que é essa monstruosidade mecânica sob as estrelas?

Ouvem, olhando o céu, alguma resposta, Orino?

Ouves alguma resposta, Orino?

D

Silêncio lá. Nas caladas. As

Caladas para os homens, as estrelas

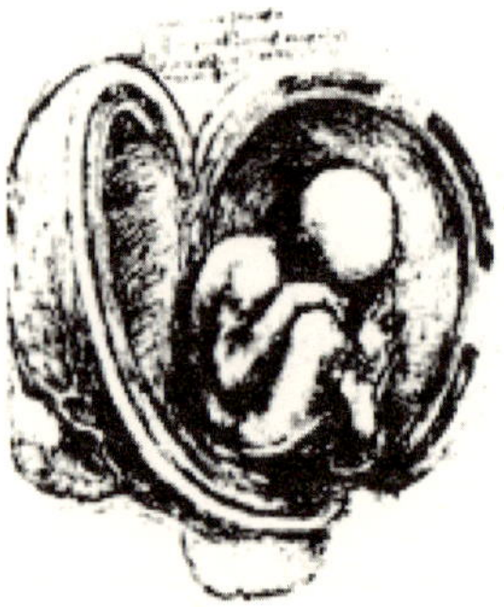

voz vermelha

a sempre,

e perguntando?
Voltaste para o Alfabeto Humano, ó k

Voltaste ao tempo em que os homens ainda falavam?

A VozNeblina, a humana, sempre contando a outros homens histórias

ó k. Um sopro de voz, passando, como passou nos animais um dia

nas noites os passos alvos do omem de areia
sonhassem a Árvore da Vida

suas Raízes no Invisível

as Seivas do Mistério atravessando

seu Tronco,

jorrando sobre ele um Céu Escuro de Estrelas

Seus Frutos

Da voz de Areia Lenta

À noite,
aquele Clarão claroescuro no céu,
agora um outro clarão viesse iluminar Oniro

— E sabes o que ele entendia, perguntava o homem ao outro
que junto ao fogo, o mudo, ouvia

que, além do Vento, o sopro de uma outra Voz se erguia entre sua pequena voz e as asas negras brancas seus círculos

— Vê, Orino,
ele dizendo,
isso: Isso, que agora entendi: essas asas, negras, brancas,
seus Círculos,
não existem. São só uma invenção desse Vicente que nos inventa
com asas de palavras,
e eu nem palavras de carne tendo

— Não existem, mas existem. Como te dizer isso?

Escuta.

— É que esse Vicente,

vindo de um vale onde nasceu, é lá embaixo onde se afunda a vida,

o que ele quer e Mais é ascender, alado, e, leve, abandonar o Vários por mais Amizade ao Um.

Como esse tal K

que, diz-se,

nesta história que ele aqui nos conta, ascendeu deixando aqui embaixo o Alfabeto Humano

todos os seus livros sendo atravessados por asas

ele indo do visível ao Invisível pois todos os lugares se tornaram para ele uma grande Asa, O não-lugar que chama Andara

onde também eu, tu e o omem de areia sendo e não sendo

nesse andar sem ir ficando indo fosse

pois em Andara tudo não sendo o sendo no Tempo da Hipótese

Para esse Vicente, a Vida está no Vale,
embaixo,
e quer ir para a Montanha, no alto.

— Vê, Orino,
sendo fantasmas na Neblina Andara,
assim como estamos indo através das páginas deste livro em que não sendo somos, podemos viajar por Andara inteira, através dos livros que esse Vicente escreve

estão, vem comigo, façamos isso

— Mas tu, não. Não vá se misturar aos grãos de outras palavras o que ainda resta do teu Grão de Ser, dizendo Oniro ao omem de areia

Mas tu,
vem Orino, e vê

Como parecem se elevar tão altos os seus livros, e à sombra deles, nós, e as nossas sombrazinhas

A asa e a serpente.
Lês, o título?

Dos livros visíveis que ele escreve enquanto não escreve Viagem a Andara oO livro invisível, o nãolivro

este é o primeiro. E vês o que eu te disse? A serpente: o Vale, a asa: a Montanha. E tudo terminando por uma chuva de asas e serpentes sobre a terra,

sobre os homens

Vem. Entremos agora neste

É Os animais da terra. Aqui, repara,

parece que tudo se dá só no Vale, mas vês o sonho da Montanha

nos voos de Caminá? A mulher alada

Este outro é Os jardins e a noite. O Vale está nos olhos que antes um homem tinha para não ver nada sob o sol, e a Montanha nasce da Noite em que uma ave, a imensa,

o Curau,

desce do céu e tira os olhos desse homem

que então começa a ver, bem longe, e dentro de si, a vida

Este é Terra da sombra e do não.

Entremos

Nele, uma criança atravessa o Vale: a vida, levada por dois outros fantasmas como nós, um querendo ser leve, o outro, pesando sobre a terra,

e no final surgem umas borboletas, vês: elas, lá? Aquelas cintilações no ar, que voando diante da criança a levam até a Montanha, que é um montinho de nada de terra onde um morto dorme e não dorme pois não sabemos se ele ainda está lá ou já se ergueu de si

Este é Diante de ti só verás o Atlântico.

Nele, o Vale será submerso

mas não recues, Orino,

ainda não será neste início,

só mais tarde quando se ouvir a música mineral na distância, as altas ondas do Atlântico

e então uma Água Negra estará vindo

e para escapar aquele homenzinho de neblina, ali, vês, terá que atravessar toda a floresta Andara levando o seu rebanho de coisas vivas e atingir uma ilha de sonho nas água de sonho do Atlântico,

e uma Ilha, que se erguerá, ou não, do oceano, será a Montanha

Este é O sereno. Aqui, o Vale é uma praia à tarde sob a lua branca, a que alucina os olhos abertos, e depois sob a lua amarela, que nas noites alucina os olhos fechados, onde uns homens bebem bebida amarga e falam da ave, diz-se, que voa dentro de nós, essa Ave sendo a promessa da Montanha que um dia atingiremos, ou não

Este é aquele livro que esse Vicente chamou As armas submersas, mas quis se chamar Música de areia, e assim ficou sendo.

E onde estariam essas armas submersas senão no Vale das coisas veladas que precisamos desvelar se quisermos ir para o alto, subir a Montanha, deixando embaixo as serpentes humanas

Neste aqui, ah,

se pode entrar pela frente ou por trás, como podes ver, Oniro, girando comigo a redor dele, pois tem duas entradas,

mas nenhuma saída

seu nome é Silencioso como o Paraíso,

e nele não entrarás para não ficar preso para sempre, e te digo o que contém e vi em sonhos.

São vários livros, e um, Contando estas histórias para nada, outro, Contando estas histórias pra ninguém.

Que histórias?

A de um alado, que vindo da Montanha que é o céu paira sobre um Vale e os homens

A de um adormecido numa praia, o Vale, sob um céu, a Montanha, onde flutua uma Ave sem uma das asas

A de um anjo que desceu da Montanha do céu para o Vale onde vivia um homem, para lhe dar asas, mas traído pelo homem, que virou anjo, e subiu para o céu em seu lugar, ficando o anjo reduzido a homem pesando nesta terra onde só uns homenzinhos

A do animal solitário da ilha, que habita a areia de sermos aqui embaixo, o Vale, e só tem por companhia o Osso Pai e a Areia, e sonha com asas que um dia o levarão à Ilha dos Imortais, à Montanha, por sobre as águas

A de Mirá, ah, um mirazinho de nada que teme os areais e quer porque quer subir para o céu

São muitas as histórias. E em todas há o Vale e a Montanha,

às vezes velados, às vezes revelados

Ou apenas o Vale se mostre, sendo a Montanha só entrevista por sua Ausência

Ou só a Montanha se mostre, e o Vale entrevisto em sua ausência

Há outras

contém os teus pés, Orino, não entres, não há saída

Há a história do Homem com estrela no ombro, que chega numa casa à noite na floresta Andara,

e ela A Luminosa lança sobre tudo que vive nas sombras seu clarão, que adormece. O Vale são sombras antes da estrela. E não é a estrela a promessa, ou ameaça, da Montanha?

São muitas as histórias desses livros contando suas histórias para nada e ninguém.

Neste livro com duas entradas e nenhuma saída, há ainda

um que se chamou Diálogo dos comediantes, mas quis se chamar Festa dos cabelos trançados, e assim ficou

e outro que se chamou Silencioso como o Paraíso após a expulsão das criaturas humanas, mas queria mesmo era se chamar Silencioso como o Paraíso após o rumor das sombras humanas, e assim ficou.

No primeiro, um homem, na floresta Andara: no Vale, tendo visto uma festa em sonhos, A festa dos cabelos trançados, convida outro para ir com ele em busca da festa, e se arrastam, animais, pela floresta: o Vale, sob estrelas ocultas, pois estrelas só na última página se acendem e cintilam no céu: a Montanha: a loucura brilhante de estar vivo pairando sobre eles

O outro é a história de Iziel, que aqui embaixo, no Vale, convida Azael a seguir uma constelação, a Montanha, que eles veem no céu à noite, mas só quando o dia nascer e o sol que oculta a vida a tornar invisível no céu

Ah, Orino,

esses são os livros visíveis de Andaras em que como fantasmas de Andara podemos nos ver,

mas até de nós se oculta o livro invisível que esse Vicente nãoescreve

ah ele sem asas querendo ser alado, mas é só um homenzinho de nada na Vida, o Vale, pesando sob a Asa Asa

Mas para ele não é assim. E ele diz

— Tudo vem como sombra do Um e para o Um volta como sombra

Aqui, na breve Residência, a vida,

imersos nesta luz cheia de penumbras em que somos e não-somos, pois permanecemos sendo lá no Um enquanto aqui até parece que somos,

as sombras estão no Vários,

e se tornam coisas

Eu te daria a pedrinha branca, ó k, onde escrito o Nome que Ninguém conhece

Ah, ainda este outro livro, Orino, nos sentemos à sombra dele

é Ó Serdespanto

E este outro: Música do sangue das estrelas

O Vale e a Montanha sendo,

num, um ser sem asas e um ser alado, a Irmã de Plumas desse Serdespanto,

e, no outro, o Vale e a Montanha

estando num homem que vive só na floresta Andara e em um anjo ou homem, o escravo, o amigo, que vindo, distraído, esse homem prende numa gaiola: a Gaiola, por companhia, até às cinzas da gaiola, e até cair do céu uma outra chuva: a música do sangue das estrelas. Que um dia outros também ouvirão

Dia distante, pois os leitores desse Vicente ainda estando por nascer ah

ahhh

nesses dois livros, Orino,

que já sendo livros enquanto ele ainda escreve este Escuro da semente

mas sendo um só livro pois se espelham,

neles também vêm nos falar:

do Vale, da Montanha:

duas meditações na Penumbra Andara, onde esse Vicente, que já ouve, mas sozinho, a Música do sangue das estrelas, se pergunta

o que é ou são O Livro, a vida e quem escreve e se escreve ou é escrito

e mantém um Diálogo com sombras, em que se diz, nos diz

que não se sabendo o que é mais invisível
Se

o livro invisível que ele não escreve, ou ele mesmo, em si

em si tentando o impossível se tornar enfim invisível inteiramente

não lhe baste mais só contar histórias,
e ele quer escavar ainda mais o animal que é,
sonhando e se sonhando
e escrevendo e se escrevendo
e nãoescrevendo livros,

e faz escavações na Penumbra Andara,
quer achar a pré-história do Sono,
do sono de Andara
Andara: despertar em Sonho de Escritura

depois que ela adormeça para sempre,

e nós com ela, ah,

desfeitas
neblinas
tudo isso sendo a Peregrinação através da penumbra de sermos,
ou de fugirmos de nós, nos buscando em fuga

Ouves? Ouves a música, a Fuga?

Mas isso se já fosse o que ainda não é,
não ainda nestas páginas por onde vamos passo a passo
Um passo, outro passo: Via dos Mutilados

:

ah a Penumbra: se para lá estão indo os nossos pés, em sonhos. Orino

haveremos de chegar

Não queres a pedrinha branca, Vicente?
Ó vicente, eu te daria a pedrinha branca

e com asas

se agora também dissesse a voz vermelha

e tendo dito isso Oniro,

agora ele lembraria o vento: o Vento, que estaria passando e dizendo, insistindo

— O animal é uma falta de tudo para sempre

E olhando aquelas asas, negras, brancas, negras se ferindo no céu, se perguntaria: O que é a dor?

E perto dele o omem de areia ouviria essas palavras

— O que é a dor?

E repetiria:

— O que

dor?

Com um grão de voz

Que água em eco agora viesse umedecer aquela areia umana?

Mas não seria da Dor que Oniro falaria.

Em vez disso

— Orino, vou te falar sobre os teus passos pela vida,

a oculta com luzes

ouve,

estando só em teus passos pela vida, não estás.

Ouve, a revelação do Amigo em ti

Tu nunca deves sair sem companhia, a Companhia, através dessas ascensões e quedas que sempre ondulam diante de um homem.

Mas como farias isso, se fosses um só?

Pois o que eu te digo é que não és um só, sendo, mas podendo ser dois em ti, o duplo Orino.

o?o

Assim, quando saíres pela vida, através dessas ascensões e quedas que sempre ondulam diante de um homem, leva contigo o teu Amigo, aquele que irá cuidar de ti

se caíres, te erguendo com mãos longas de amizade e novamente te pondo mais próximo do céu do que estiveste como coisa tombada,

e é isso a Amizade da coisa em si pela coisa em Si.

Se caíres, pede

— Amigo, me ergue.
Se tiveres sede, pede
— Amigo, me dá de beber.
E se tiveres sono,
com olhos muito abertos te olhando de dentro de ti, nessa agonia de estar desperto que às vezes tortura o animal humano,
mesmo sendo só a neblina que és,
com voz infantil pede
— Amigo, me põe para dormir
em ti.

Esse amigo, Orino, é em ti aquele Outro que sendo tu mesmo em ti ama a água mas não a sede, o céu mas não a terra, os olhos fechados mas não os olhos abertos, e muitas coisas mais que não te digo pois não sou ele, sendo, como sou, a amizade por ti por fora, enquanto ele, esse Outro é o teu Amigo que não sendo és.

Entendes? Isso?

E entendes que não podes sair sem o Teu Amigo através dessas ascensões e quedas que a vida sempre põe diante dos passos de um animal?

Pois, e se caíres? E se tiveres sede? E se tiveres sono sem sono?

Quem te erguer da terra, dará a água, fará dormir?

Então, pede a esse Outro oOnipresente em ti

— Amigo

Sobre seus passos pela oculta sem luz, depois diria Oniro a Orino

— Se avançando apenas tu pela vida, o Sozinho, outras coisas devem te acompanhar, nos dias, além da tua sombra e, nas noites, além da ausência dela

coisas precisas construir com as tuas mãos, para o avançar apenas tu, o Sozinho, pela vida

Ouve, a revelação chamada O Cesto e a Lança, para que uses a cada passo

Nunca deves sair sem teu Cesto e tua Lança através desses desvios um para a esquerda e outro para a direita que sempre dividem o caminho diante de um homem que vai, o um, em si, o Sozinho.

Por isso,

senta agora mesmo e tece teu Cesto com tua mão de lã e palha, a Serena, e talha tua Lança com tua mão de luz e lâmina, a Sangrenta

e quando saíres pela vida, através desses desvios um para a esquerda e outro para a direita que sempre dividem o caminho diante de um homem que vai, o um, o Sozinho, o em si,

leva contigo o teu Cesto e a tua Lança,

e, o teu Cesto, usa para ficares só contigo, nele, fora da vida, em silêncio, o calado, o Quietamente, te desnascendo, te sendo fora do ser-te, entendes e, a tua Lança, usa para saíres de ti para penetrar com ela mais fundo na vida fora de ti, com muitos uivos, o Agitadamente, te renascendo, te sendo ainda mais profundamente no ser-te,

entendes.

E faz assim

Se indo através desses desvios um para a esquerda e outro para a direita que sempre dividem o caminho diante de um homem que vai, o um em si, sozinho, estiveres levando contigo o teu Cesto e a tua Lança,

e o caminho for se dividir para ti,

pergunta ao caminho ainda Um só antes da divisão diante de ti:

— O Caminho será este ou aquele?

E se o caminho, antes da divisão diante de ti, disser

— Cesto,

te deixa ficar onde estás, nem mais um passo, senta ali mesmo e fica retecendo o teu Cesto com tua mão de lã e palha, a Serena. E usa o teu Cesto para ficares só contigo fora da vida por fora em silêncio e calado, o Quietamente, te desnascendo.

E se perguntares ao caminho, antes da divisão diante de ti, o caminho ainda Um só:

— O Caminho será este ou aquele?

E o caminho, antes da divisão diante de ti, te disser

— Lança,

então aperfeiçoa a talhada com tua mão de luz e lâmina, a Sangrenta

e usa a tua Lança, e sai de ti, para penetrar mais profundamente na vida fora de ti com muitos uivos, o Agitadamente, te renascendo, te sendo ainda mais fundo no ser-te,

entende

E não sai, Orino,

através desses desvios um para a esquerda e outro para a direita que sempre dividem o caminho diante de um homem que vai, o um, o Sozinho,

sem teu Cesto e a tua Lança

Pois se a vida é um Rumor que se abre em rumos

o que fazer, indo na vida:

o Cesto ou a Lança?

nas noites os passos alvos do omem de areia,
sonhando a Árvore da Vida

suas Raízes no Invisível

as Seivas do Mistério atravessando

jorrando um Céu Escuro de Estrelas sobre eles

e veio a noite em que Oniro teve a febre

Orino se afastaria de Oniro.

Não se incendiasse ainda mais aquele corpo em chamas, se ele, Orino, caísse em tentação e lançasse nele sua lenha humana

Se via de longe aquelas chamas.

Oniro ardendo, iluminando a noite.

Oniro. Uma outra estrela, na terra

Que o omem de areia olhava de perto, sem temer ser queimado por ela,

quisesse em seus olhos ao menos uma gota de água amarga, e diz-se disso: Lágrima, para apagar aquele fogo. Mas em seus olhos, só lágrimas de areia

Oniro, O ardente,

agora fala para ninguém. Se diz

— É essa a serpente em adiantado estado de vertigem: a vida

— A gente nasce antes de haver nascido, investigando o caminho, Oniro

— A coisa escura ensina mais que a coisa clara

— Tenho medo de não Ter mais medo de mim, Oniro

— O Um não interdita nada aos homens. Sabe, Oniro

— A gente sonha que é sem fim, mas só o sonho de ser sem fim é sem fim

— O corpo, coitadinho, O coitadinho: um osso só, partível

— Confia na tua sombra, suspeita dessa sombra de carne, Oniro,

se dizia

esse sozinho corpo que faz sombra só para ter companhia

Se dizendo Oniro

E:

— Ao léu, toda essa Lenha, se queimando: o corpo, O incendiado por si

— Oniro, se dizendo Oniro, dá graças a dois: ao Um e ao Vários

É longe, é aqui?

— Primeiro, foi um ave de rapina.

Depois, foram muitas aves de rapina pousadas em nós para que fôssemos homens

Se dizendo Oniro

Uma manhã nascendo, suas luzes o curassem, apagassem aquelas chamas?

Os dias, e suas luzes frias

agora, Oniro

onde?

em Andara é que as febres nos transportam?

on gde Oniro, ongde?

as Nuvens de Sal passando passando

através da Neblina Andara vem o omem de areia buscando Oniro imerso em outras neblinas

caminha com ternura sobre a terra, pois estás andando sobre os mortos

os Semeados mortos,

outra vez a voz de Al-Maharri
aqui soprando

também viesse a voz de Água rápida perguntar
não queres a pedrinha branca, Oniro, não? Eu te daria a pedrinha branca Oniro, eu te daria,
mas onde a pedrinha branca, Oniro,

ó

achasse o omem de areia Oniro adormecido

Ó,

no coração da sombra de uma árvore
a Árvore

Vejam isso assim, verticalmente
Como agora tudo afunda na manhã
e dia e noite se misturam

Lá, não se saberá Onde, um céu vazio o Vazio, e sob ele as estrelas, e sob as estrelas um sol, e sob a lua amarela que alucina nas noites e a lua branca que alucina nos dias a nova estrela viva que surgira no céu de Andara, sangrado, e o Ovo imenso, e as asas negras, as asas brancas e seus voos claroescuros, e sob elas Orino na chuva de asas que sempre caía, caía, e onde a terra vai afundando terra adentro o omem de areia que se curva para o adormecido,

e sob o omem de areia, O Adormecido,

Oniro: no fundo do seu sono.

E do fundo desse Sono agora alguma coisa viria

fossem as raízes daquele coração de Sombra

Subindo, aquilo
Para negar os Afundamento da Vida

E a voz vermelha que pergunta
ó k que Clarão nas Trevas é esse, ó k? O que aí cintila o que os meus olhos não veem, ó k

uma noite Noite, vindo velozmente, manto sem lua envolve toda a terra

E nessa Noite só o omem de areia vendo
Da boca de Oniro adormecido saía aquele vaso

o vaso

javem javem
vejam

oÓ: a Visão do ssaKil

o Vaso

Oniro: no fundo seu

sono

Ia se formando no ar da noite, todo feito de silêncio, o Vaso,
sua imagem

suspensa entre a terra e o céu,

ó coração de Sombra vegetal

o Vaso

o todo feito de murmúrios de areia
E essa areia fosse se derramando nos ouvidos do omem de areia

Oniro,
do fundo dele, adormecido, mas do Vaso, é que saía aquela voz sem voz,
dizia ao omem de areia

— agora, tu, vê o vaso: o Vaso

O Vaso, brilhando sobre eles, suspenso no ar

— Este Vaso, repara, por baixo dele há o Ser, por cima dele há o Não ser, ele, o Vaso, sendo o Sendo

Mas repara, com os teus olhos de areia, o que está no alto é igual ao que está embaixo. E todo o Vaso é um só Vaso, embora devamos parti-lo para entender o que nos contém no vaso de sermos enquanto somos sendo entre o ser sob o vaso e o não-ser sobre ele. Mas repara, o que está embaixo é igual ao que está no alto.

O Vaso, subindo através dele, de baixo, onde é fechado, até o alto, onde se abre para a vida,

ele é a frase que nos diz

Atravessar o que nos nega, chegar ao Sim. E é assim que tu verás um S nestes dias cegos

Atravessar o que nos nega, sendo o seu fundo estreito, escuro.

Chegar ao Sim, sendo atingir a claridade que se abre nele, lá no alto.

O Vaso,

no seu fundo tudo vive sob a forma da Flor Efêmera, no centro em que se alarga tudo vive sob a forma da Flor Eterna

e saindo por sua abertura no alto se acha a Flor Sem Forma

Eis, ó omem de areia, o vaso: o Vaso.

É preciso atingir o seu centro se elevando

sem asas negras, brancas
mas ficando leve,
o Mais Leve humano,
até atingir àquela frase ali no centro do Vaso que diz, se podes ler
O Eu em mim vendo
para que se esteja sobre o seu fundo, lá embaixo,
onde uma segunda frase diz, se podes ler
O eu na vida vivendo
e só então, ascendendo ainda mais e mais leve o humano e menos,
se atingirá, já fora do Vaso, na claridade que o envolve todo e a nós na Noite da Árvore em que estamos e eu te sonho o vaso: o Vaso,
a terceira frase, aquela, que é Outra, embora pareça a mesma, que diz
O eu em Mim vendo
Com o que se forma a Frase inteira,
circular: O Círculo, o anel se fecha

O Eu em mim vendo
O eu na vida vivendo
O eu em Mim vendo

unindo outra as partes do vaso que partimos em três para entender o que de nós se oculta, a Vida, na vida,
e se forma a Flor Sem Forma Com Forma que une o Alto e o Baixo, o Não ser o Sendo e o Ser, pois são iguais, Um só.

Essa Flor nascendo lá no alto, ah, pudesses sentir seu perfume.
ela, nascida de um gesto semeado aqui embaixo,
no escuro.
Mas só se já sentisses, na Semente,
o perfume: o Perfume

E para isso tens que saber o que contém cada parte do Vaso, partindo ele outra vez
e ver
que no seu fundo, sob a Flor Efêmera
estão a Ação que nos oculta a vida: o Vaso,
e as reações vindo após ela nos ocultam mais ainda

E para isso tens que saber, partindo outra vez o Vaso,
que no seu fundo, sob a Flor Efêmera
está a Razão que nos oculta a vida: o Vaso,
e as reflexões vindo após elas nos ocultam mais ainda

E para isso tens que saber, partindo outra vez o Vaso,
que no seu fundo, sob a Flor Efêmera
estão os Sonhos que nos ocultam a vida: o Vaso,
os sonhos da noite, os sonhos do dia

e as ilusões vindo após eles nos ocultam mais ainda

Pois só então entenderias que são esses os três Pontos de Extração que extraem
o eu de si
e do Eu.

Mas essa ainda não é toda a tua Pedra, a tua Semente,
que tens que erguer, te enlevecendo, até o centro do vaso, onde ele vai começando a ficar largo.

Pois tens que partir ele outra vez
e ser
no seu centro, sob a Flor Eterna
um homem zelando um Z sentado sobre as pernas que não usa para andar, para ver
de olhos vazios
a Via da Percepção dos alimentos e de si

Pois tens que partir ele outra vez
e ser
no seu centro, sob a Flor Eterna
um homem zelando uma Viagem que vai do visível ao invisível, para ver
de olhos cheios
a Via da Arte de se alimentar dos saberes e doar seus sabores como alimentos

Pois tens que partir ele outra vez

e ser

no seu centro, sob a Flor Eterna

um homem zelando um Sono Sem Sonhos, para ver

de olhos saciados

a Via do Repouso do jejum dos alimentos e do ser

E só então entenderás que são esses os três Pontos de Inserção que inserem

o eu em si

e no Eu.

Mas essa ainda não é toda a tua Pedra, a tua Semente,

que tens que erguer, te enlevecendo ainda mais, até a abertura do Vaso, onde começa a claridade

E tens que passar o ponto em que ele se estreita,

antes da luz no alto.

Ponto em que outra vez é tudo tão escuro quanto o fundo escuro do Vaso

e pensarás que estás caindo,

ou já caíste outra vez, como uma asa branca ceifada por uma asa negra

sob a Pedra, a Semente que carregas

E tens que partir ele outra vez

e ser

nessa passagem estreita, sob a Flor Sem Forma
só um homem fino de rumores, e passar em silêncio além de ti

e deixando para trás

a tua Pedra, Resídua a tua

Semente

Tombassem escuras lá no fundo escuro
Se agora sentisses lá no alto, para além do vaso

:o Vaso:

o Perfume Sem Perfume

E homem sem homem,

Indo,

para

a Flor Sem Flor

a manhã nascendo, suas luzes vindo,

o vaso: o Vaso

se desfazia
no ar.

E na memória do omem de areia as palavras do Vaso também se desfariam?

Coração de Sombra vegetal

Que agora acordando Oniro já não lembraria

para onde sopraremos o pó da Literatura, ó Escritura?

tu queres a pedrinha branca, ó Escritura?

eu te daria a pedrinha branca, eu te daria

ó

na manhã Oniro, Orino e o omem de areia olhando as asas negras, brancas, negras

como olha para elas o omem de areia

Tombassem para o alto no Vazio escuro do céu
se agora o omem de areia sentisse
no ar
o Perfume Sem Perfume

— Assim suspensas entre o céu e a terra, nem são asas do céu nem são asas da terra,

diz Oniro,

e eles iriam dali

Iam

para o mais longe

onde Ela cintilava

O que esperava por eles na Penumbra?

Um passo, outro passo: Via dos Mutilados.

então:

as

gotas de sangue.

Como estrelas feridas, caídas

Aquilo fosse um caminho de dor, fulgurassem ali na terra. E aquele caminho de dor levava ao que?

ooos

e nesse caminho, agora Oniro, Orino e o omem de areia

também nas noites pudessem seguir aquelas gotas, pois brilhante aquele sangue
enquanto em nós no escuro pedindo luz.
Ouvem, esses rios em nós?

longe,

e indo naquele caminho,
eles veriam.
Iam juntos.
E um era o que sangrava, atado à árvore
E outro, em seu manto de aves

E aquele sangue se dando à terra,
o omem de areia pisava numa gota de fulgor,
seu pé ávido do úmido

e o das aves logo se ajoelhando para curar
aquela ferida, suas aves se afastavam dele.
Ficavam de longe olhando, murmurando
e umas às outras diziam:
— É ele
— É
— É sempre assim.
— É. O Bondoso

O das aves
E um bem se
fazia um mal.

Pois enxugando aquele sangue com o outro manto que vestia seu corpo nu,

só desfazia o pé do omem de areia.

E em suas mãos um dedo se desfez, e depois outro se desfazia em grãos. Já meio pé do homem de areia havendo sido desfeito,

mancasse pela vida afora,

todo o resto também se desfaria se esse curar com mãos suaves não cessasse logo,

não cessasse já. Ah

Entendesse o das aves aquele mal suavemente em suas mãos

As aves agora olhando aquilo em silêncio

O Silêncio.

Mas sempre um rumor escuro ali.
De onde viria?
Vinha do aberto em chagas. Do que sangrava,

pois não parava de sangrar aquele outro, o das flechas cravadas no corpo e amarrado à árvore com cordas,

ou eram serpentes

— Francisco,
diria Oniro ao das aves
— Desiste.

E as aves começando a esvoaçar por todos os lados

e indo pousar no das aves,

cantavam,

ó consolo aéreo, ó maciez,

pois ele chorava tendo aquele pé meio desfeito em grãos em suas mãos.

sentariam no caminho sujo de sangue os cinco, fatigados disso de estar vivo,

esses seres de palavras

vejam como estas páginas vão ganhando cores, antes que mergulhemos na Penumbra

vejam:

O omem de areia,

alvo, tão alvo e só a mancha ah bela vermelha no que sobrara do seu pé desfeito pela bondade,

e o flechado, o sangrando, o atado à árvore pelas cordas serpentes,

os dois mais juntos um do outro

pois Solidão mais os unia

javem

sobre um fundo branco

o verde da árvore

o vermelho do sangue jorrando

e o colorido das penas nas flechas cravadas no corpo do sangrando

E essas cores nas penas de aves não eram a Alegria guiando a madeira inocente transformada em mal?

Por isso, a página outra vez enegrece

Pois as árvores das margens do caminho vendo como os homens usam velozmente sua inércia vegetal,

seus frutos agora enegreciam

javem vejam javem, todos juntos na moldura desta página

Isso é assim:

Havia a alvura do ser que disse adeus à carne: o omem de areia

Havia o ser negro por fora alvo corpo adentro:

Francisco,

em seu manto negro sob o esvoaça das aves

Havia o ser tanTo o que sofre: o flechado, o sangrando, o atado à árvore por serpentes

E havia Oniro.

Mas quais são as cores de quem sonha O Um Vários?

Ah, e havia Orino, mas qual a cor da ausência de sonhos

E as figuras desse quadro ganhando vozes, falariam,
como nunca se ouviu,
nem quando Lacoonte uivou de dor

— Curar as chagas, dizia o do manto negro, Francisco.
E suas aves o cobriam com cantos.
— Sim. Curar.
Diria Oniro.
— Extrair as flechas, dizia o do manto negro, Francisco.
— Sim. Extrair.
Diria Oniro.
— Libertar a árvore, diria o do manto negro, Francisco.
— Sim. Libertar a árvore que prenderam nele, diria Oniro.
— Libertar as cordas, diria o do manto negro, Francisco.
— Sim. Libertar as serpentes,
e as flechas presas no seu corpo,
e a madeira aprisionada nas flechas,
diz Oniro.
E libertar as feridas, e o sangue, para que fique em seu lugar

As aves, agora voando em círculos sobre o sangrando,

aguardassem o sinal para nos libertar das árvores que atadas em nós

E elas cantavam:

— Suavizar o corte
— Desfazer os nós
— Diminuir o brilho

Ah, mas eis o flechado levantando.

E uma onda de sangue jorra e vem banhar a mão do omem de areia
pousada em seu ombro,
pois mais Solidão os unia.
E esse sendo o adeus, já não ficaram ali

O flechado indo, levava no corpo suas flechas, e sua árvore ia com ele.

Cintilante ia ficando o caminho, enquanto ele se afastava

As aves elevaram o do manto negro, e o levaram com elas pelo ar

sumiam

desapareciam, longe, no caminho.

Sós outra vez,
nestas páginas que agora perdendo cor,
Oniro, Orino e o omem de areia
passariam as mãos nos olhos, acordassem de um sonho
olhassem olhos vazios o Caminho vazio

As estrelas de sangue se apagando no chão

Via dos Mutilados. Um passo, outro passo

por quanto tempo ainda andariam aqueles três?

E nós com eles

Por que é tão longa a noite em que te conto esta historia,

perguntasse o homem ao outro, que junto ao fogo ouvia

o tempo é essa Água

onde o espaço se banha para não ser Bicho pesando de ossos

Ou Peixe,
sem escamas e guelras,
mais sutil para

partindo do Vários, nadar até o Um, que é aqui mesmo, não sendo, que é aqui, mesmo não sendo, que é aqui mesmo não sendo

— dizia

Pois se sabendo

dividido no Vários em vários vaziozinhos de nada esses que todos somos: homens e árvores e suspiros e soluços,

quando se entende isso,

até se aceitar que até os soluços são vazios, o Vazio,

e, então, para que soluçar. Em vão? O Vão? Sim, uns vãozinhos de nada, no Vão imenso isso que todos somos: homens e árvores e suspiros e soluços quando se entende isso,

até se aceitar que até os soluços são vãos,

no Vão,

e, então, para que soluçar? Para o abismo em nós? O Oco de tudo? Nós, uns ocozinhos de nada, no Oco imenso em que todos somos: homens e árvores e suspiros e soluços quando se entende isso,

até se aceitar que até os soluços são vãos, no Vazio

Por quanto tempo ainda andariam aqueles três?

ooos

Depois de terem deixado para trás aquelas asas negras, brancas, negras

aquele horizonte de clarões e claro-escuro,

e as estrelas de sangue se apagando na terra,

já tendo deixado para trás o Areal
e, antes, quando tudo começou,
vocês lembram,
as seivas da floresta Andara, e bem antes o Anjo da História caído no caminho, as asas fechadas no peito

e indo agora em direção ao que mais longe no horizonte cintila: a Penumbra,

e

os sóis imensos que caminham cegos sobre nós
ainda veriam esses homenzinhos aqui embaixo?

Via dos Mutilados. Um passo, outro passo.
Também das palavras

Não sabiam

se,

naquela Penumbra, para onde seus passos os levavam,

o vento: o Vento chegaria antes deles.

E lá,

quanto viessem surgindo
bem pequenos, e bem humanos
e mais humanos se um deles é um omem de areia a quem falta um meio rosto e um pé,
e a perna de Orino, que caminha nas trevas de um animal, ficava lá, cintilando no caminho,

o vento. O Vento.
Já estaria.
Insistindo

— Um animal é uma falta de tudo para sempre

— Ó vento da Escritura
Que Ave negra assim girando em círculos em
ti

isso que adeja

indo para a Penumbra procurando luz

Agora, é lá longe,
e não viam,

no Caminho vazio por onde passara e sumira o Sangrando e sua árvore,

uma semente caída deles, homem e árvore, ou fora uma gota de sangue, agora abria a terra de volta e surgia, depois de ter na terra desaparecido,

e por onde andara aquela sementezinha pelo Coração de Terra de Andara, entendendo os seus dias de arbusto árvore floresta que ainda haveriam de vir à tona um dia?

Não sabemos.

O certo é que surgia sob o sol: a primeira Semente, a de fogo

essa sementezinha, ou gota vermelha pela outra vermelha lá no alto atraída, para existir na vida, a brevemente

E
uma outra semente,
em outro caminho,

onde agora passam Oniro, Orino e o omem de areia, indo para a Penumbra, também nesse mesmo instante está nascendo em Orino para existir na vida, a brevemente.

Era a Semente da Voz, pela primeira vez naquele homem,

também querendo ser arbusto, árvore floresta de palavras?

Não sabemos.

O certo é que aquela voz vindo do fundo do silêncio que nele havia, agora vinha, e surgindo para um céu de sons, em sua boca.

Aquela voz, ainda a frágil, se semeando

agora estes Sonhos de lua e de sol chegando ao fim

E ela dizia:

— A vida, a brevemente, é só um sonho que nos sonha, Oniro.

E quase sem dizer, dizendo Orino:

— Ouve o que eu te digo, e ainda quase sem boca, Oniro,

e só por gratidão pela tua boca ter me revelado os alimentos e me doado a fome dos jejuns

Orino, ali falando,

e o omem de areia ali entre eles se sonhando, em suas areias,

Forma humana que as brisas passando sempre vinham desfazer um pouco mais

Lá longe,

e não viam,

no Caminho vazio por onde passara e sumira o Sangrando e sua árvore,

a semente caída deles, homem e árvore, ou fora uma gota de sangue, agora já era um arbusto,

por onde também passavam as brisas,

abrira a semente e surgira, depois de nela o escondido,

e por onde andara aquele arbustozinho pelo Coração de Semente de Andara, entendendo os seus dias de árvore floresta que ainda haveriam de vir à tona um dia?

Não sabemos.

O certo é que surgia sob o sol: o primeiro Arbusto, o de fogo

esse arbustozinho, a gota vermelha pela outra vermelha lá no alto atraída, para existir na vida, a brevemente

E

no outro caminho,

onde passam Oniro, Orino e o omem de areia, indo para a Penumbra,

agora também em Orino está se transformando

e vem, mais fortemente para existir na vida, a brevemente

o Arbusto da Voz, pela primeira vez naquele homem,

também querendo ser árvore floresta de palavras?

Não sabemos.

O certo é que aquela voz vindo do fundo do silêncio que nele havia, e surgindo assim para um céu de sons, em sua boca,

aquela voz, e menos frágil, se semeando

agora estes Sonhos de lua e de sol chegando ao fim

E ela dizia:

— A vida, a brevemente, é só um sonho que nos sonha, Oniro. E é preciso sermos sonhos nesse Sonho.

— Ouve o que eu te digo, Oniro,

é só por gratidão pela tua boca ter me revelado os alimentos e me doado a fome dos jejuns.

Orino, ali falando,

e o omem de areia ali entre eles se sonhando, em suas areias,

Forma humana que as brisas passando sempre vinham desfazer um pouco mais

Lá longe,

e não viam,

no Caminho vazio por onde passara e sumira o Sangrando e sua árvore,

a semente caída deles, homem e árvore, ou fora uma gota de sangue, agora já era uma árvore, por onde também passavam as brisas, pois do arbusto ela surgira, depois de nele a invisível,

e por onde andara aquela árvore pelo Coração de Arbusto de Andara, entendendo os seus dias de floresta que ainda haveriam de vir à tona um dia?

Não sabemos.

O certo é que surgia sob o sol: a primeira Árvore, a de fogo

essa árvore, ainda a gota vermelha pela outra vermelha lá no alto atraída, para existir na vida, a brevemente

E

no outro caminho,

onde passam Oniro, Orino e o omem de areia, indo para a Penumbra,

agora também em Orino está se transformando

e vem, mais fortemente para existir na vida, a brevemente

a Árvore da Voz, pela primeira vez naquele homem,

também querendo ser floresta de palavras?

Não sabemos.

O certo é que aquela voz vindo do fundo do silêncio que nele havia, e assim surgindo para um céu de sons, em sua boca,

aquela voz, e cada vez a menos frágil, se semeando

agora estes Sonhos de lua e de sol chegando ao fim

E ela dizia:

— A vida, a brevemente, é só um sonho que nos sonha, Oniro. E é preciso sermos sonhos nesse Sonho. Sonhando o Sonho da amizade das coisas pelas coisas, sonhando o Sonho do ódio das coisas pelas coisas, mas sabendo que só sonhos

são

e somos, Os Sonhados

— Ouve o que eu te digo, Oniro,

e por gratidão pela tua boca ter me revelado os alimentos e me doado a fome dos jejuns.

Orino, ali falando,

e o omem de areia ali entre eles se sonhando, em suas areias,

Forma humana que as brisas passando e sempre vindo desfazer e um pouco mais

Lá longe,

e não viam,

no Caminho vazio por onde passara e sumira o Sangrando e sua árvore,

a semente caída deles, homem e árvore, ou fora uma gota de sangue, já era agora floresta,

por onde sempre elas passando: as brisas,

pois da árvore uma floresta assim surgida, depois de nela a prometida,

com seus frutos e frutas e galhos e aves e folhas vivas e folhas, ah, pois já começassem a secar

E por onde andara aquela floresta pelo Coração de Floresta de Andara, entendendo

seus dias

de frutos e frutas e galhos e aves e folhas vivas e folhas, ah, pois já começassem a secar

que haveriam de vir à tona um dia?

Não sabemos.

O certo é que surgia sob o sol: a primeira Floresta, a de fogo

essa floresta,

e sempre a gota vermelha pela outra vermelha lá no alto atraída, para existir na vida, a brevemente

E

no outro caminho,

onde passam Oniro, Orino e o omem de areia, indo para a Penumbra,

em Orino está se transformando

e vem, ainda mais fortemente e para existir na brevemente

a Floresta da Voz, pela primeira vez naquele homem,

também querendo ser Sombra de Palavras?

Não sabemos.

O certo é que aquela voz vindo do fundo do silêncio que nele havia, e assim surgindo para um céu de sons, em sua boca,

aquela voz, e soando, se semeando

agora estes Sonhos de lua e de sol chegando ao fim

E ela dizia:

— A vida, a brevemente, é só um sonho que nos sonha, Oniro. E é preciso sermos sonhos nesse Sonho. Sonhando o Sonho da amizade das coisas pelas coisas, sonhando o Sonho do ódio das coisas pelas coisas, mas sabendo que só sonhos são

e somos

os Sonhados para sonhar a breve

mente, a vida, a cílio sem sono

— Ouve o que eu te digo, Oniro,

e por gratidão pela tua boca ter me revelado os alimentos e me doado a fome dos jejuns.

Orino, ali falando,

e o omem de areia entre eles se sonhando, em suas areias,

Forma humana que as brisas passando

vindo desfazer e um pouco mais

Lá

longe,

e não vissem,

no Caminho vazio vazio agora mais vazio
o vazio, o Vazio,

pois o Sangrento e sua árvore haviam sumido,
há tanto tempo haviam sumido
com seus frutos e frutas e folhas e galhos e aves
ah

no Caminho,
assim vazio,
então
uma semente caída da Floresta,
ou fora uma gota de sangue,
agora abria a terra de volta e desaparecia terra adentro.
E por onde andaria aquela outra sementezinha,
ou era a mesma,
pelo Coração de Sonhos de Andara,
entendendo os seus dias de arbusto de sonhos árvore de sonhos floresta de sonhos
que ainda viriam à tona um dia

Não saberemos.

surgisse sob o sol, novamente: o sol, a primeira
Semente, a de fogo
essa outra sementezinha, ou gota vermelha pe-
la outra vermelha lá no alto atraída,
ou eram a mesma,
para existir mais uma vez, mais uma vez
na brevemente

e se sonhando
em suas areias de florestas que viria a ser

Ah formas que as brisas, passando

e sempre
a Relva aérea sempre

e
finalmente tivesse sido descoberta a alegria.

O omem de areia se desfazendo, Forma h
umana

e tudo sendo assim, para
existirdesexistir
mais uma vez mais uma vez na
a Brevemente,

daquelas areias então ah também vinha uma voz, de grãos, que entendia a de cílios de limo: a vida,

e dizia:

— Oniá. A Alegria de não ser real

E, pois havendo entendido o sorvia:

— O Mel é beber a vida em sonhos

On i á

E

indo para a Penumbra a voz do omem de areia, que diz isso

e indo para a Penumbra a voz do omem de areia,

que se diz isso

uma última vez a voz de Areia Lenta ainda viesse?

vinha

Últimos Passos: o humano, o umano e onde o umanoh? Uns insetos, fossem homens e penetrassem na Penumbra

Da voz de Areia, lenta

Oh

Mas o Fogo agora Cinzas que havia acendido para contar ao outro, o mudo, esta história

já não ouviremos essa voz

Da voz de Água rápida

Ó evoca o Anjo da História:

ó k

onde o Alvíssimo, onde a pedrinha branca, ó
k?

se achasses ao menos o Anjo da História caído
no caminho, as asas fechadas no peito,
plumas e pó
e ouvíssemos as vozes bem pequenas que das
vértebras ele ainda diria

ó

um ui em mim

k

Oniá

ongde o meu Anjo de pÓ ó   k

vaziovaziovazio

vejo o Vazio nas minhas mãos vazias.

ó k.

— Vê, Orino,

vai dizendo Oniro, enquanto eles avançam para a Penumbra, oo

como pode ser

— Pois sendo os nossos nomes os mesmos, só as letras sido trocadas

Se olhassem para trás
e com eles o omem de areia, ainda veriam no horizonte

o Ovo, lá? Imenso
O Ovo, e ao redor dele o vento girando,
girando ó movimentos externos
Ó segredos que participam, no Vários, do Um no Ovo

E ao olharem outra vez o caminho,

O Caminho
diante dos seus pés,

veriam

o ovo, o Ovo, ainda pequeno, mais uma vez nascendo,

também diante deles?

E se olhassem ainda uma vez para trás, vissem vulto Alvíssimo

e vinha também buscando penumbras

uma terceira Sombra
contorcido k

fosse só a sombra do omem de areia retornando

e o animal sem a perna escura de Orino em si,
onde estaria? Viesse com eles

aquela perna escura, a devolvida à luz

ficando para trás como o Anjo da História

Ah
sombras dos nossos perdidos rostos nos Areais

Pelo menos, agora, parece que o rosto do
omem de areia vai se refazendo

Grão a grão

E se voltando o vento: o Vento dissesse?

vaziovazio O Um é uma falta de tudo

para sempre

para

sem

e a voz vermelha, um Eco?

e on gde o ecce

om

o

Vocês veem? O Jejum enfim em nós se cumprindo,

grão a grão

um rosto no omem de areia volta?

Ó repetições que não cessam. E esse incessante ir em nós

E para onde?

— Para Lá nos levem os nossos pés,
em sonhos,

vão pensando os grãos do ogmem de areia

uma boca de água amarela ainda e nos
murmura

a Lua sangrando sobre nós Murmura

a lua branca, oh, já não voltaria nos céus dos
dias vaga
pálida sobre eles?

Ó Escritura, só tu falas em nossos sonhos

uns insetos, fossem homens
e penetrassem na Penumbra

a voz verde da Serpente ainda uma vez vindo perguntar:

óÓ: On de o hgomem?

as Nuvens

de Sal passando, passando passassem

nos céus de Andara

a Areia de que somos feitos

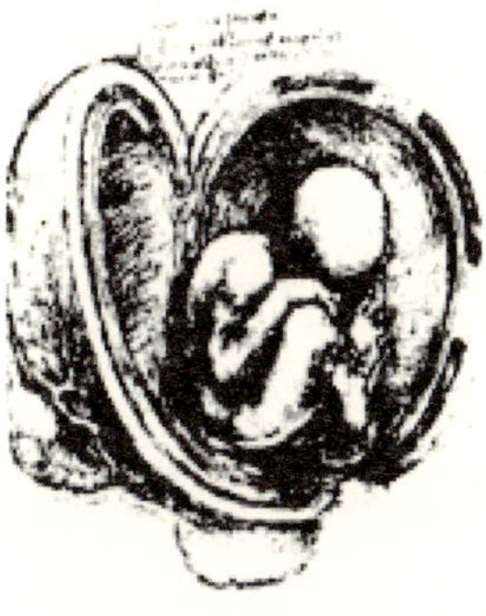

no escuro da semente

}}}}}}}

Na Penumbra Andara

pré-história do Sono

o humano } o umanoh }} o umano }}} ah

Seus cantos, indo
no hogmem que é Sonho de uma Sogmbra

Se avançassem cantando

eles iam, umas s ombrazinhas, ó auroras
buscassem um S perdido entre a Luz e as
Trevas que lhes desse o Simnão, ó crepúsculos

ah o quase umano em Oniro: o ainda humano
em Orino: o umano no omem de areia. Agora iam

e, oh: eles cantavam

Vocês ouviriam, esses Cantos?
Cantavam

ooos onirorinomemareia

e iam com eles:

o animal Escuro dos caminhos

e as gotas de sangue das estrelas do Sangrando

e uma ave de Francisco que perdera o bom
caminho

e a terra, O Esfera em nós

caía, ascendia,

caía, caía,

ascendia
caía

no azul

e a voz de Água rápida

se vindo com eles não queres
a pedrinha branca, ó k? Ó, e ainda dizia

ó k, onde a pedrinha branca

eu te daria a pedrinha branca, ó k
a pedrinha , ó k

Aquelas vozes longas
Nos Crepúsculos O uvem, ainda hoje? Ao
entardecer
na Penumbra assim cantassem

Homens e cinzas

homens e cinzas enveredaram cedo
Deserto, passos de centeio negro
Ali
horizonte e noite e alimento Uno

As estações por onde passam

A mais rítmica terra uiva longe Silêncio
entre clarões
E clamo

Os trigais sagrados
A relva das desordens

Ex-voz interminavelmente sempre retorna um êxtase

Retorna a vaga espécie em turnos pela terra

Teu canto e sonho e sons do olhar Clarão da voz
Nascente e ida de outros homens para a morte e bebo
ainda de um trigal,
prazer e noite

Agora ex-água é a tua areia
e há dias ímpares a par das fontes, dizes
Retorna a vaga espécie em turnos
pela terra
rondando imagem e ruínas de um rival de luz

e o belo som não escutas mais, longe te sela
e perto negas o ouvido azul do tempo

Tarde da carne, então
Tempo e adeus E um grito à estrela

antes que à residência extraviada torne

Clarear esta paisagem

água e agonia

e anônimo atear
um mar ao ossário luminoso dos teus dias

Tempo e tribo

Tua era a janela de longa ascensão e se abria A lua
Sedução de profundezas

Escândalo de escama e lodo
E um mar ali

Troféu de sombra
Tempo e tribo,

e as tuas revelações tarde demais

Tais são os gestos
e música de limo, ela virá insone
à sala de torturas de um instante

Esfera Reta do Fim,
temos a carne para a fome de si mesma

e há cantos percorrendo a nu
a voz
Campos de som que não ignoram o eclipse próximo e
as ruínas

Face de puras asas

Teu pé fronteira de um passo silencioso
Fora
excluindo-se,
toda a luz e um retorno de cinzas

Exílio e reino oculto, Paz Vegetal

E eis: as formações, cruéis em bando

Se ali

revoada e festa interditada,
febre lunar

Onde as ruínas consagradas? À noite
a forma cega de um altar de fogo

Renovemos neste instante pacíficos ante um mar mais doce o sangue
E as sedes
em torno, dentro
A voz

Esta se eleva entre duas árvores de murmúrio e sombra nua, una
face de puras asas

Vegetais e margens

De pé teu animal em ti adormecido e a tua ida ao mar que te incinera,

as cinzas nunca falham

Os ventos na memória têm desertos e o passo onde
me nego antigo e uivo
e eco

e ao longe acenam adeus os vegetais e margens
negam em silêncio um número mortal as esgotadas
multidões

Colmeia e culto,
caminhos negros
Espelho sem paisagens

Vem rever sem fôlego um rosto de desejos, olhos do
imenso
azul em teus delírios

Sorte
é ter ainda a Árvore da Voz, a asa e um grito

A relva negra dos sons

Quem nega este deserto é a ruína da mais antiga
residência, A Aniquilada

As esmeraldas deste funeral

Este trabalho é luminoso quando passo flagrado em
crime contra a terra,
em sonhos

Verão,
e à noite te virão os cantos, a relva
negra dos sons

em sonhos

nua, a tua planície entre aves

e o teu anoitecer de lã de homem ao mar

Tambor de húmus

Avançava o veículo todo santo as multidões tinham
vertigens de azul

Murmurando entre dois homens
que não sou
e dando gritos

ali me esconde meu documento íntimo de sombra

e o teu incêndio E o meu
E o fogo fátuo e a Fruta de estar vivo

Tremor da pele, dias de sina

Ilha é a terra,
o animal respira lento em sua caverna

Tambor de húmus e hipótese de cinzas e à quarta
porta um sol de sal e um espelho

Tensa se ergue por sobre a residência entre clarões
a mais árida hera,
a ira

Centeio e luz

Eis a colheita e em ti nem ave há, e lá a fruta, fêmea
de cinza
Te deixam as árvores, a fibra e a residência E vens

À noite,
segue em círculos a vida e a colmeia .Abelha
e vítima, os vícios do mal

Espera e canto
As estações
Trigal azul os dias

e os homens bebem um mar indo à deriva e invisível
escura hora passa em ti, Lugar de Véus

Centeio e luz, então

Só amanhecem o grão e a solidão
E na manhã, o teu chamado mais selvagem

Te anunciam eclipse e alimento

e a voz incinerada
e a incinerada asa entre clarões

e o limo e o vento e a ilha das desordens, pois és a erva real do verão

e dando adeus às sinas e às ruínas, uma vez mais está pronta a semente

Teu lodo e o que te esquece

As armas submersas Teu lodo e o que esquece e lá

revelações

Tempos de cinza afundam Os teus clarões

Plantas à sombra um rival de musgo,
a árvore dos dias
Se inclinam frutos
Teu peixe antigo sonha

a negra
e dartro luminoso te entreabrem a porta

e à noite os teus cardumes Vem morder um sonho
e o Selo, o labial
de uma promessa

Tua floresta de estrelas pende   Astro maduro

Te busca o teu verão

A voz narrando histórias   E ainda mais se inclinam
para nós
memória e mar
Entre raízes

teu lodo sonhará

Navio da voz
Carne fantasma
Renasce a arma amada, teu mar renascerá

Cantassem

Ave, fantasma

Nas fronteiras da carne, Horizonte Velado
passas
À tona,
a variedade sempre única de um voo e velas lentas
A carne tem golfos de luz que te incineram

aVe, fantasma

ex
Voz
interminavelmente sempre retorne um êx
tase

dissessem, vermelhas, as nossas vozes

Fim de K O escuro da semente

ah um Ímã em mim
dissesse a voz verde

A viagem a Andara não tem fim?
A viagem a Andara não tem

O Livro Invisível não tem,

dissesse a voz vermelha

buscasse K nas Trevas

o O n
g

lhO de Ó

Fulgurante

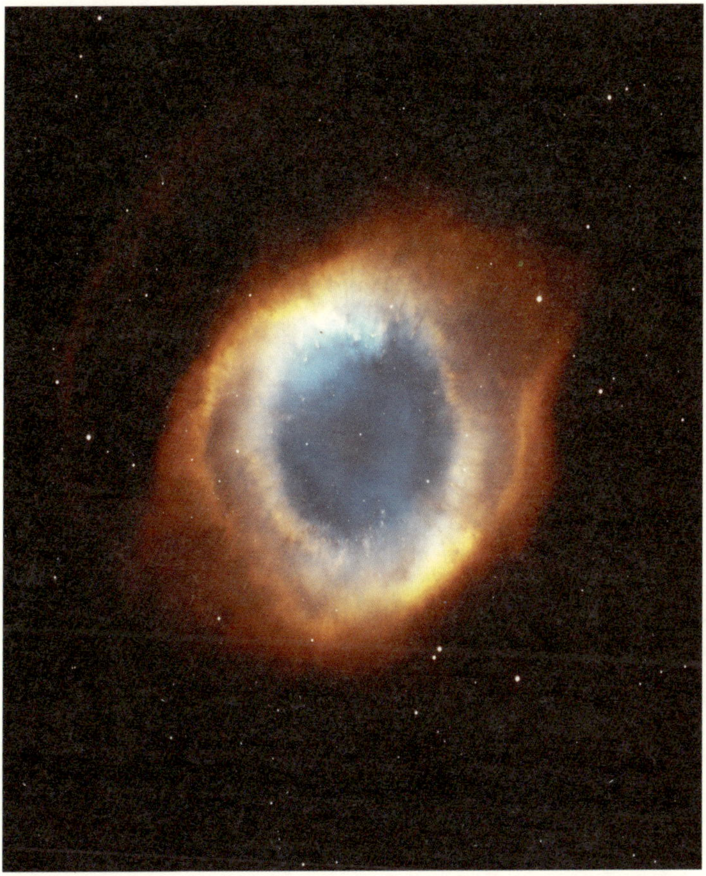

fim

eu te daria a pedrinha branca, ó k

a pedrinha   , ó k

Ó palavra Vazia de palavra que se oculta nas

Alvuras

das páginas deste Livro,
de todos os livros

ah o humano

oO umanoh

o umanO

ó Oniausência

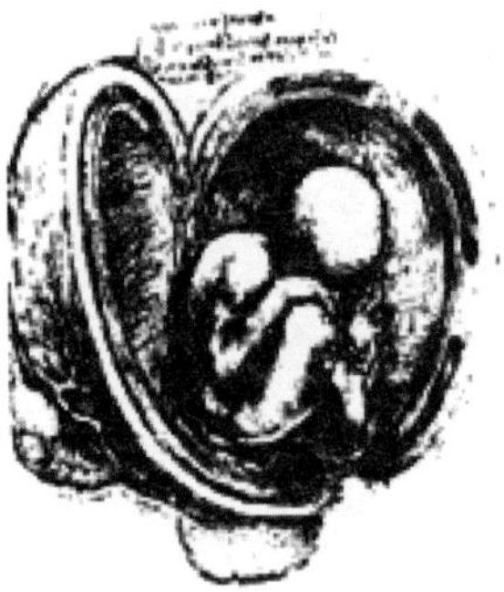

O AUTOR E SUA OBRA

Vicente Franz Cecim nasceu em Belém do Pará, Amazônia brasileira, em 07.08.1946, e aí vive. Sua Escritura se entrega à abolição das fronteiras entre prosa e poesia, demanda o silêncio, funde profano e sagrado, e, partindo da natureza, se lança como sede metafísica do Ser da Vida: *Atravessar o que nos nega, chegar ao Sim. E é assim que tu verás um S nestes dias cegos.* É a inscrição no portal dos seus livros, oposta àquela dantesca que intimida.

Em 1979, com *A asa e a serpente*, iniciou a obra imaginária *Viagem a Andara oO livro invisível*, transfiguração da Amazônia em Andara: região-metáfora da vida em que natural e sobrenatural convivem em mútua epifania. É onde ambienta todos os seus livros.

Andara sendo *a Amazônia vista com olhos mágicos*, como já foi dito, à medida em que, um a um, os *livros visíveis* de Andara vão sendo escritos como *literatura fantástica*, desvelam a *literatura fantasma* do *livro invisível de Andara*, livro puramente imaginário, do qual só existe o título e que não é escrito — segundo o autor, *o não-livro, corpo de um corpo que se sonha.*

Em 1980, o segundo livro de Andara, *Os animais da terra*, recebeu o Prêmio Revelação de Autor da APCA (Associação Paulista de Críticos de Arte).

Em 1981, *A noite do Curau*, primeira versão do terceiro livro de Andara, *Os jardins e a* noite, recebeu Menção Especial no Prêmio Plural, no México.

Em 1988, *Viagem a Andara* (Editora Iluminuras, São Paulo), reunindo os 7 primeiros livros de Andara, recebeu o Grande Prêmio da Crítica da APCA.

Em 1995, Cecim publicou *Silencioso como o Paraíso* (Iluminuras, São Paulo) reunindo mais quatro livros visíveis de Andara.

Em 2001, quando a invenção de Andara completava 22 anos, publicou *Ó Serdespanto* (Íman Edições, Lisboa) com 2 novos livros de Andara, apontado pela crítica portuguesa como o segundo melhor lançamento do ano.

Em 2004 relançou, em versões finais, transcriadas, os sete primeiros livros de Andara reunidos nos volumes *A asa e a serpente* e *Terra da sombra e do não* (Cejup, Belém).

Em 2005, publicou seu primeiro livro em Iconescritura, unindo imagens & palavras, também em Portugal, *K O escuro da semente* (Ver o Verso, Maia), então inédito no Brasil.

Em 2006, saiu a edição brasileira de *Ó Serdespanto* (Bertrand Brasil, Rio de Janeiro).

Em 2008 e 2014 lançou as novas iconescritura *oÓ: Desnutrir a pedra* (Tessitura, Minas Gerais) *e Breve é a febre da terra* (IAP, Belém, Prêmio Haroldo Maranhão de Romance). *Fonte dos que dormem* é o inédito em que reúne os Cantos de Andara. Atualmente, gera o novo livro visível: *Oniá um lugar cintilante.*

Nos *livros visíveis* que escreve e compõe, o autor busca a alquimia da Escritura, em total liberdade, incorporando o silêncio de páginas em branco e imagens, para criar, a partir da natureza amazônica, a região metafísica de Andara. *K O escuro da semente*,[1] com o qual a *LetraSelvagem* inaugura a Coleção Sabedoria, é um desses livros.

---

[1] Transcriada pelo autor, esta versão brasileira de *K* desatualiza a edição portuguesa. (N. do A.)

NOTÍCIAS E CRÍTICAS (TRECHOS) ACERCA DE VICENTE FRANZ CECIM

A fulminante trajetória literária de Cecim, que se iniciara com o belo, poético e enigmático poema em prosa *Viagem a Andara, o livro invisível*, prossegue com um livro, se possível, mais rico e fascinante ainda: *Silencioso como o Paraíso*. Um dos mais perfeitos livros surgidos no Brasil nos últimos dez anos, imbuído de poesia, encanto e o que Guimarães Rosa chamava de 'peregrinação álmica' (da alma). LEO GILSON RIBEIRO/*Caderno Cultural A TARDE*, Bahia/*Silencioso como o Paraíso*

***

Lembra Zaratustra e Maldoror e se esses livros são poesia, a prosa de Cecim não seria outra coisa. O fascínio sobre o leitor é permanente. MOACIR AMÂNCIO/*O ESTADO DE SÃO PAULO*, São Paulo/*Silencioso como o Paraíso*

***

O lírico, o fantástico, a imaginação em sua total liberdade: a linguagem de Cecim é poética e única. *VOGUE*, Brasil/*Silencioso como o Paraíso*

***

Os textos de Cecim fundem profano e sagrado. Após ler Vicente Cecim a transformação interna do leitor é inevitável. OSCAR D'AMBROSIO/*JORNAL DA TARDE*, São Paulo/*Os divinos autores da década/Viagem a Andara, o livro invisível*

***

O texto de Cecim funciona como uma partitura musical, que o leitor lê e relê, descobrindo a cada frase um novo timbre. *VEJA*, Brasil/*Silencioso como o Paraíso*

***

É provável que seja a melhor literatura fluindo no Brasil. CARLOS EMÍLIO CORREA LIMA/*JORNAL DO BRASIL*, Rio de Janeiro/*Silencioso como o Paraíso*

***

Depois de Guimarães Rosa, o paraense Vicente Cecim é o responsável por um dos mergulhos mais fantásticos e essenciais que a literatura brasileira já realizou sobre o sentido do homem. ANTONIO HOHLFELDT/ *CORREIO DO POVO*, Porto Alegre/*Os jardins e a noite*

***

Comparado a Guimarães Rosa, o escritor exibe talento e extrapola na inventividade. Cecim não é apenas um inventor, mas um descobridor. DEONÍSIO DA SILVA/ *JORNAL DA TARDE*, São Paulo/*Silencioso como o Paraíso*

***

Há um real submerso no homem que a literatura linear, de mera denúncia da disparidade social, não alcança e quase como o grande visionário, o poeta Novalis, Vicente Cecim também confirmaria que *je poetischer, umso wahrer*: *quanto mais poético, mais verdadeiro.* LEO GILSON RIBEIRO/ *JORNAL DA TARDE*, São Paulo/ *O universo de Vicente Cecim criado por inspiradas metáforas e alegorias/A asa e a serpente* e *Os animais da terra*

***

A excepcional força poética de *Os animais da terra* deriva da duplicidade de sua narrativa, cindida em planos opostos. A duplicidade favorece a dominância do relato delirante, que adquire o tom impessoal de um mito, do qual participam o vento, as árvores, o rio, os *animais da terra* — agentes de uma Natureza rebelada, propícia à ação do servo contra o cego. Esse mito de solidariedade cósmica não apenas revira a existência cotidiana, para exibir o seu *estofo* de sonhos (o estofo de que somos feitos, na imagem shakespeareana) — tirando proveito do lado ético da herança surrealista, *Os animais da terra* emprestam ao imaginário o caráter de realidade explosiva represada, de onde provém sempre o apelo poético à renovação da vida. Uma *invenção poética*. Que melhor denominação para este texto libertário, insurrecto? BENEDITO NUNES/*LEIA LIVROS*, Brasil/*Os animais da terra*

***

Ler *Viagem a Andara* é penetrar em narrativas poéticas subversivas e míticas que trazem à tona, sempre renovado, o aforismo roseano: *Viver é perigoso*. OSCAR D'AMBROSIO/*FOLHA DE SÃO PAULO*, São Paulo/*Viagem a Andara oO livro invisível*

***

Seus livros mostram suficientemente a disposição do escritor de fazer de sua ficção um exercício imaginativo. MOACIR AMÂNCIO/*FOLHA DE SÃO PAULO*, São Paulo/*Os jardins e a noite*

***

A Amazônia vista com olhos mágicos. Um texto que ignora as fronteiras entre prosa e poesia. *MÁRIO* PONTES/*JORNAL DO BRASIL*, Rio de Janeiro/*A asa e a serpente* e *Os animais da terra*

***

Um delicioso exercício de delírio em que a ficção ajuda a descobrir a realidade. IRINEU GUIMARÃES/*MANCHETE*, Brasil/*Os animais da terra*

***

Uma revelação extraordinária! Leo Gilson Ribeiro fala-nos, referindo um Guimarães Rosa que obviamente está presente nestes textos, em "peregrinação álmica" (da palavra "alma"), e a expressão está certa para nos dizer a estranheza, a perturbação, os momentos de arrebatamento que nos podem vir destes textos inclassificáveis, que oscilam entre uma espécie de deliberada monotonia do ser e o sentido golpeante das cintilações verbais. O pensamento liberta-se dos seus lastros terrestres e ganha um estatuto de ave, uma leveza de princípio do mundo, uma sageza do fim dos séculos, uma inocência dos extremos. O que faz de *Ó Serdespanto* um livro inclassificável é que ele é feito do círculo crepitante das histórias que se contam e recontam, do uso visionário das palavras refeitas letra a letra ou a da lenta respiração da terra. E sobretudo de uma demorada aprendizagem do espanto de ser e de não-ser. EDUARDO PRADO COELHO/*PÚBLICO*, Lisboa/*Ó Serdespanto*

***

É um livro total, na sua fusão de poesia, prosa, viagem utópica, divagação onírica, pensamento filosófico, reinvenção da palavra e reinvenção do mundo. Uma obra assim pode transformar a vida de quem a lê, se quem a ler estiver disposto a deixar-se transformar; mas, mesmo sem correr o risco dessa entrega, é impossível permanecer indiferente ao poder mágico da palavra de Cecim, palavra livre e vagabunda que cria uma cosmogonia própria, a um tempo estranha e familiar, reconhecível. Chamar-lhe inclassificável é, talvez, cobardia. Há um nome para esta espécie — rara — de acontecimentos, mas é um nome ousado e, nestes tempos de suspeita, pronto a ser banido: estamos perante um livro sagrado. Não importa quem o escreveu: foi escrito por um visionário. REGINA LOURO/ *PÚBLICO*, Lisboa/*Ó Serdespanto*

***

"Un récit onirique avec des résonnances archetypiques". BENEDITO NUNES/ *BOLETIM DA ASSOCIATION INTERNATIONALE DES CRITIQUES LITTÉRAIRES*, Paris/*Os jardins e a noite*

***

Foi como poesia que li *A asa e a serpente*: um poema lírico-narrativo talvez, ou um poema dramático na terminologia de Fernando Pessoa, para dar nome a esse texto revolto, que se desdobra com seu autor — misto de sonho e alegoria, fábula do sacrifício do algoz impessoal, morrendo e renascendo, como num ato de expiação infindável, dos míticos desvãos do inconsciente individual e coletivo. Mas toda fábula é o contorno imaginário exemplar de uma realidade possível que se intemporaliza. Esta de Cecim alude, parece-me, a uma realidade muito próxima que traumatizou sua geração: a época do grande medo, que se tornou assombração política e fantasma histórico na cidade do Grão ou em qualquer outra parte do Brasil após 64. Mais firmeza ganharia a fábula se maior contraste houvesse entre o plano prosaico da narração e o plano lírico da expressão poética, conciliando o sonho e a alegoria. Com a dominância do lado onírico, ganhou por certo o lirismo, que transforma a narrativa numa assombração literária impetuosa. Sujeito e objeto de metamorfose, o texto se interioriza, e o fantasma da História tende à história fantástica. BENEDITO NUNES/*APRESENTAÇÃO*, Belém do Pará/*A asa e a serpente*

***

Uma das grandes diferenças com *Cobra Norato*, do modernista Raul Bopp, escritor que também se alimentou do folclore amazônico, é o tratamento verbal. *Ó Serdespanto* não busca o humor e o pitoresco, e sim a estranheza. Apresenta uma carga intensa de suspense, de vigilância intelectual, de assombro metafísico e de veracidade, mesmo no sobrenatural. Ao contrário da trama tradicional que reproduz ações pela linguagem, a linguagem é a única ação. FABRÍCIO CARPINEJAR/ *REDEMOINHO/ Ó Serdespanto*

***

São raros os livros que, como *Ó Serdespanto*, elidem perguntas e respostas, abrindo-se à desmesura e à estranheza: "Benvindo ao estranho mundo" (pág. 129). Poderíamos, no entanto, esboçar (e não mais do que isso) a genealogia em que este livro entronca. Nesse caso, teríamos de evocar essa espécie de "comunidade" de que fazem parte os nomes de Michaux, Herberto Helder ou Maria Gabriela Llansol. Contudo, a escrita de V. F. Cecim não se confunde, prossegue "amanhedescendo" e torna subitamente mais verdadeira a certeza de que "não há nada a dizer de um poema, pois é ele mesmo o dizer supremo" (Eduardo Lourenço). Podemos, tão-só, ouvi-lo: "As páginas, muito brancas, não cantam. Não são aves, não cantam, não cantam/ A menos que o vento da voz, isso de lábios de limo que sempre sopra dentro de um homem,/ se ponha a agitar as folhas, às vezes tristes, às vezes alegres,/ de um sonho./ Diz-se disso: A árvore dos sonhos/ Diz-se disso: literatura" (pág. 193). MANUEL DE FREITAS/*EXPRESSO*, Lisboa/ *Ó Serdespanto*

***

O espanto que o livro de Vicente Franz Cecim provoca nos leitores e a dificuldade em classificá-lo indicam que não se trata de novidade que se expõe aos refletores da moda e em seguida se descarta, mas de algo verdadeiramente novo, com luz própria, que não nos é imposto como um objeto de mero prazer ou de conhecimento. Sua ficção se oferece ao espírito como objeto de interrogação, de pesquisa, de perplexidade. A leitura de *Ó Serdespanto* faz-nos mergulhar na noite negra, profunda, arcaica, de "Andara", na obscuridade que "rugerreluz", onde folhas e musgos, pedras e ventos, bichos e homens, gente e não-gente, mortos e não-mortos, sussurram aos nossos ouvidos, sem boca nem língua, apenas com o halo diáfano dos nossos próprios pensamentos, que a morte é vida e a vida é sonho. NICODEMOS SENA/*O GLOBO*, *Caderno Prosa e Verso*, Rio de Janeiro/*Ó Serdespanto*

***

Vicente Franz Cecim é autor de uma das obras mais singulares da literatura brasileira. Como Angelus Silesius, o grande místico alemão (...), sua obra é ditada por um misticismo constituinte, nunca remissivo. E sempre permeado pela floresta. Amazônia-Andara. (...) Neste diálogo invisível, em que o autor se desdobra em entrevistador e entrevistado, é possível entrever, com a mesma fugacidade de um animal selvagem entre a folhagem, algumas das principais questões que formam a intricada beleza dos Escritos de Andara. SÉRGIO COHN /*AZOUGUE 10 ANOS*, Rio de Janeiro/*ENTREVISTA*/ *Ó Serdespanto*

***

Em sentidos diferentes se direcionam as obras de dois grandes autores: Ariano Suassuna e Vicente Franz Cecim. (...) Escrita de rupturas e de vertigens, Franz Cecim escreve uma única obra, *Viagem a Andara*, que se subdivide em diversos livros. O palco mítico de sua prosa é a Amazônia, mas estamos muito longe sequer de vestígios de literatura regionalista. O autor fala sempre na Floresta sagrada. Trata-se de uma floresta totalmente alegórica, e é nela que se desenreda a vida de seus personagens e seu texto-vida insurrecto como definiu certa vez Benedito Nunes, um dos maiores críticos brasileiros em atividade. (...) Mais do que uma filiação à Literatura Fantástica, que levou a literatura da América Latina a um conhecimento de nível internacional, Cecim reivindica uma literatura fantasma: aquela que só é legível, não em termos icônicos nem simbólicos, na famosa distinção de Peirce, mas sim indiciais e residuais. (...) Só uma prosa que bebe em correntes arquetípicas profundas, como a de Cecim, e, para lembrar uma escritora da mesma família espiritual, Clarice Lispector, é capaz de solver esse impasse formal e dar conta da amplitude ética e existencial dessa realidade. A melhor maneira de visualizar algo parecido com a sua literatura é cinematográfica: Andrei Tarkósvski. RODRIGO PETRÔNIO/*Caminhos da Literatura Brasileira atual*/*POETRY WALES*, País de Gales/ *Viagem a Andara oO livro invisível*

***

Nos Livros de Andara, que, mediunicamente, Vicente Franz Cecim, o poeta da Amazónia, "transcreve" desde 1979, e de que *K O escuro da semente* é a quarta súmula, a aventura da escrita dá-se como real "in status nascendi" e o fito (talvez desde *Ó Serdespanto*) é testemunhar a passagem do relator a um outro nível da consciência, a esse limiar que a acedemos, "homens, depois das palavras" (o poeta não se refere ao pós-morte, previna-se, mas ao "não-mental" do budismo, ou da "Nuvem" de Ibn Arabi), e onde o múltiplo, experimentada "a alegria de ser breve", retorna ao Um, ao Uno. A dificuldade de leitura deste livro (que nos recoloca na orbita de Mallarmé, Michaux, Artaud, Llansol, Edmond Jabès, de Gunnar Ekelof, e de outros "místicos" ou gnósticos da literatura) e da transmissão sobre aquilo de que trata, resulta do mesmo não nos falar a partir de um "universo de representações", colocando-nos na fronteira de uma realidade não-dual, de uma outra gravitação onde o quotidiano não tem campo. Dificuldade que se traduzirá no silencio que acolheu a edição deste livro depois do anterior ter sido considerado um dos melhores do ano.(...) Nascido desta visão "trans", o livro faz-nos participar de uma descida ao coração dos elementos e ilumina o "Vazio que neles transborda". De certo modo, *K O escuro da semente* prolonga o diálogo entre Pai e Filho que se lê em "Chandogya" (um dos Upanishades) e no qual um pai pede ao filho para partir o fruto e as suas sementes e lhe descrever o âmago. Quando o filho responde que "lá dentro não há nada", o pai replica: "Meu filho, dessa mesma essência da semente que não consegues ver, dessa essência invisível, vem, na realidade, esta frondosa árvore. Tu és Isso". (...) Cecim, como outros autores na sua esteira, escreve sempre o mesmo livro sob um novo ângulo, numa busca do que é mais conforme à fonte. As figuras, os *topoi*, as metáforas que se apresentam neste longo poema já estão presentes nos anteriores: o homem a quem crescem asas nas costas, a mão que toca o céu cheio de estrelas, a areia de que somos feitos, o diálogo dos alimentos do ser, ou a noção de que "um animal é uma falta de tudo para sempre". *K O escuro da semente* ergue-se então como um novo andamento na sinfonia. Qual é a novidade? Talvez preceda deste tópico, encontrado na página 106 do anterior *Silencioso como o Paraíso*: "Tantas vozes/ Essas vozes, entendam, se elas querem vir assim/ São vozes da terra, e irão se misturando aos poucos, até que tudo unido num só sopro", pois *K...* torna explícito um "procedimento coral", sendo este, mais que os outros Livros de Andara, uma pauta onde a música pede intérprete. Aliás, o livro, numa promessa de sinestesia, oferece uma chave cromática para a (ilusória, visto que não passa de um encantamento rítmico) disjunção das vozes. Não deixe de as ouvir. ANTÓNIO CABRITA /*Coros, vozes disjuntas*/*EXPRESSO*, Lisboa/*K O escuro da semente*

***

Um texto em prosa dividido em cantos, e os cantos se desenrolando ritmados, como versos que têm o hausto de versículos. O conjunto pulsa como a fala de um oráculo, já proferido, ao ritmo institucional da repetição, a cada passo trazendo o choque de uma ideia que abalasse a razão comum, o bom senso cartesiano. Mas esse abalo não lhe antepõe o irracional, e sim o faz recuar ao pré-racional de uma linguagem em estado nascente, poética. Como não pensar imediatamente em *Assim falava Zaratustra*, de Nietzsche, como o mais ilustre antecessor imediato, se não inspirador desse *Ser de espanto*, de Vicente Cecim? No entanto, a frase de Nietzsche, embora da mesma cepa poética, visa, para além da poesia, a realização de um ato fundador, moral e político de uma nova Humanidade. Embalado numa fala oracular, este livro-poema nasce de uma mimese do sagrado, como de um corte horizontal das camadas mítica e mística dos repositórios históricos orientais e ocidentais da sabedoria religiosa. Mas ele não quer estar fora da poesia. Suas diversas sortidas para tantos autores, de Novalis a Angelus Silesius, de Eckhart a Guimarães Rosa, que não levam para fora do campo poético, onde deseja permanecer, são como um contraponto ao pensamento religioso enlaçado ao filosófico. Contraponto no sentido de luminoso enfoque opositivo, contrário, que reforça em vez de ferir a pulsação rítmica, oracular. Mas não é por acaso que esse livro-poema tem uma origem filosófica que seu próprio nome denuncia. Pois o ser de espanto não é senão o *thaumazein* grego, o espanto que deu nascimento à Filosofia, como misto dos sentimentos de admiração e de estranheza diante do que há. Este escrito de Cecim é também um misto — um texto híbrido, miscigenado, que citando e glosando Heráclito, São Paulo e Kant, oscila entre literatura e filosofia. BENEDITO NUNES/*Apresentação de Ó Serdespanto* (Bertrand Brasil, 2006)

***

Na ausência de conhecimento, sem caminhos, sem saídas, perplexos diante da constante aporia que a vida nos impõe, diz Aristóteles, é através do espanto que, de certo modo, poetas e filósofos são o mesmo. Assim, *Ó Serdespanto* é o homem que, através do indiscernível entre o originário do filosófico e do poético ("Eu sou a origem. Eu estou Lá na origem de tudo"), faz a vida como ela é — Andara — comparecer no corpo do livro. Enquanto que, na hegemonia da história do pensamento ocidental, essas duas experiências do pensamento e da linguagem estiveram cindidas, *Ó Serdespanto* aposta numa junção entre elas, respondendo com exemplaridade à requisição feita por Giorgio Agamben quanto à "urgência para nossa cultura de reencontrar a unidade de sua palavra fraturada". Para realizar da melhor maneira essa demanda, Vicente Franz Cecim faz da linguagem uma aventura e exuberância amazônicas: palavras-valises, conceitos, personagens-conceituais, imagens, forte musicalidade, fábulas, mitos, sonhos, delírios, discussões filosóficas, palavras iniciando com maiúsculas no meio das frases, páginas em branco, a importância da diagramação, do vazio e das manchas negras das páginas... De fato, são muitos os procedimentos usados por este livro que se apropria da prosa e do verso (fazendo algo que, na maior parte do tempo, não é nem um nem outra), da filosofia, da poesia, do romance e da mística em busca da perfeição da linguagem e do pensamento, encontrando uma escrita completamente vigorosa e inclassificável. ALBERTO PUCHEU/*Uma ponte entre a palavra e o silêncio/O GLOBO, Caderno Prosa e Verso*, Rio de Janeiro/*Ó Serdespanto*

***

O que me atrai no paraense Vicente Franz Cecim é a coragem de inventar um alfabeto humano e de buscar, na linguagem, o que ele chama "o escuro da semente". CARLOS NEJAR, *O Globo, Rio de Janeiro*

***

De húmus teilhardiano, este romance (?) *Ó Serdespanto* aprofunda a presença singularíssima da criação literária de Vicente Franz Cecim no panorama da Literatura brasileira contemporânea. Tal como os demais livros que o precederam, este se insere entre aquelas "escrituras" que arrastam o leitor para espaço tão envolventes/desafiadores/enigmáticos, que o emudecem... Onde encontrar palavras, que possam transformar o Mistério Existencial ali escavado, em uma decifração verbal esclarecedora? Eis o desafio para qualquer leitura crítica. (...) A escritura de Cecim pertence à esfera dessas obras (como a do próprio Borges) cujo significado último só poderia ser expresso por uma escrita da mesma natureza metafórica, múltipla em sua ambiguidade de raiz. (...) A "grande de arte" labiríntica, criada pelo paraense Vicente Franz Cecim, expressa a grande luta que se trata no universo do pensamento, a ser expressa na esfera da linguagem: como encontrar palavras, que consigam expressar uma nova visão do homem e do mundo? Visão que, por sua vez, constitua uma nova realidade, que seja renovação contínua? Essa vem sendo a tarefa dos poetas e ficcionistas visionários: criar ou recriar palavras na "tarefa adâmica" de dar nomes às coisas. É a tarefa que vem sendo realizada por Cecim, desde os idos de 70/80, ao criar a misteriosa Andara. NELLY NOVAES COE-LHO/*Ó Serdespanto, Viagem a Andara oO livro invisível/* Livro *Escritores Brasileiros do Século XX* (LetraSelvagem, Taubaté-SP, 2013)

***

O que fica mais do que evidente em Vicente Franz Cecim é a sua preocupação cosmológica, a intenção permanente na sua poesia de estabelecer as coordenadas espaços-temporais que dão fundamento à existência humana e a sua relação com o transcendente ou o divino. As respostas serão procuradas na criação de Andara, um topos de escritura em permanente desenvolvimento desde o seu primeiro livro e que serve de ponto intermédio por onde o absolutamente cósmico e o microcosmicamente humano constroem novas formas de ser o mundo. Das primeiras vanguardas latino-americanas, Cecim preserva a dimensão profética da palavra poética, essa que herdamos do romantismo e que também estava nas estéticas pré-hispânicas. Aquela que por um lado era capaz de revelar e iluminar o mistério das coisas e que por outro, era capaz de transformar o poeta em representante de outros, oprimidos e marginalizados. Não seria arriscado dizer que estamos diante de um poeta capaz de traduzir esses sentidos que a mesma terra outorga e decodificá-los, alguém, que como o Chilam Balam de Chumaiel — livro sagrado dos Maias — interpreta retamente os signos cósmicos e escriturais. MARTÍN PALACIO GAMBOA/Livro *Bicho de Siete Cabezas — Selección de la poesia brasileña contemporânea* (Argentina)

LETRASELVAGEM (2007-2016)
"AUTORES E LIVROS NUTRIDOS DA BOA RAIZ"
Obras que integram o catálogo:

Coleção *Gente Pobre*: (narrativa):

INVENÇÃO DE ONIRA, Sant'Ana Pereira. A MULHER, O HOMEM E O CÃO, Nicodemos Sena. DEUS DE CAIM, Ricardo Guilherme Dicke. O SAL DA TERRA, Caio Porfírio Carneiro. GENTE POBRE, Fiodor Dostoievski. A MALDIÇÃO DE ONDINA, António Cabrita. SELVA TRÁGICA, Hernâni Donato. DIÁRIO DE UM MÉDICO LOUCO, Edson Amâncio. OS VENTOS GEMEDORES, Cyro de Mattos. O FEROZ CÍRCULO DO HOMEM, Carlos Nejar. POEIRA E ESCURIDÃO, João Batista de Andrade. O TRIBUNAL, Álvaro Alves de Faria. OS VIRA-LATAS DA MADRUGADA, Adelto Gonçalves. SOMBRAS SOBRE A TERRA, Francisco Espínola. CAVALOS SELVAGENS, Silas Corrêa Leite. O LIVRO DOS SUICIDAS, Leonardo Garet. OS DE BAIXO, Mariano Azuela.

Coleção *Sentimento do Mundo* (poesia):

TRATADO DOS ANJOS AFOGADOS, Marcelo Ariel. O HOMEM DESERTO SOB O SOL, Edivaldo de Jesus Teixeira. ANIMA ANIMALIS - VOZ DE BICHOS BRASILEIROS, Olga Savary. REFÚGIOS DO TEMPO, Francisco Moura Campos. A INESPERADA MÚSICA SUBTERRÂNEA, Edivaldo de Jesus Teixeira. O TAMBOR SUBTERRÂNEO, Erorci Santana

Coleção *Boca de Luar* (crônica, documento, reportagem):
UMA GARÇA NO ASFALTO, Clauder Arcanjo

Coleção *À Margem da História* (ensaio):

PEREGRINAÇÕES AMAZÔNICAS, Fábio Lucas. ESCRITORES BRASILEIROS DO SÉCULO XX, Nelly Novaes Coelho. RAINHAS DA ANTIGUIDADE, Dirce Lorimier Fernandes

Coleção *Sabedoria* (pensamento, escritura, filosofia)
K - O ESCURO DA SEMENTE, Vicente Franz Cecim

Este livro foi composto em Janson Text, corpo 12 por 14, e impresso sobre papel Lux Cream 70 g/m2, pela Gráfica EME, Av. Brig. Faria Lima, 1080, V. Fátima, Capivari, Estado de São Paulo, Brasil, para a Associação Cultural Letr*a*S*e*lvagem, em maio de 2016.